I0682934

www.ingramcontent.com/pod-product-compliance
Lightning Source LLC
Chambersburg PA
CBHW021932170626
46807CB00007B/3074
9781990157172

انتشارات انار

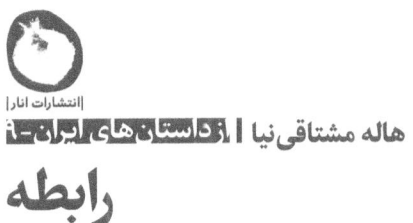

|انتشارات انار|

| هاله مشتاقی‌نیا | از داستان‌های ایران - ۹

رابطه

کنون، ای سخن‌گوی بیدار مغز
یکی داستانی بیارای، نغز

رابطه
از داستان‌های ایران-۹
نویسنده: هاله مشتاقی‌نیا
دبیر بخش «از داستان‌های ایران»: بنفشه حجازی
ویراستار: شیدا محمدطاهر
مدیر هنری و طراح گرافیک: عبدالرضا طبیبیان
چاپ اول: تابستان ۱۴۰۰، مونترال، کانادا (چاپ اول در انتشارات انار)
شابک: ۲-۱۷-۹۹۰۱۵۷-۱-۹۷۸
مشخصات ظاهری کتاب: ۱۰۴ برگ
قیمت: US $ 12 - CAD $ 15 - € 10 - £ 8.5

|انتشارات انار|
نشانی: 746A, Plymouth Av., Montreal, QC, Canada
کدپستی: H4P 1B1
ایمیل: pomegranatepublication@gmail.com
اینستاگرام: pomegranatepublication

دو جانِ دیگرم

به

پدرم و مادرم

فهرست

رابطه

مرد کتابش رسیده بود به چاپِ چهارم. از ناشر خواسته بود جملاتِ صفحه‌ی پنجم کتاب را حذف کند. همان جملاتِ عاشقانه که برای همسرش نوشته بود و حالا هفت سال بود از هم جدا شده بودند؛ طلاقی توافقی و به خواستِ زن. حالا مرد در آستانه‌ی ازدواجِ مجدد بود. لیوان چای را مثلِ همیشه تلخ سرکِشید و گفت:

- اون رابطه واسه من تموم شده، اما دلم نمی‌آد با زنی برم زیر یه سقف که وقتی چاپِ چهارم کتابم رو می‌برم خونه، قربون صدقه‌ی یکی دیگه رفته باشم. حالاگیریم توگذشته. خودت زنی، می‌فهمی دیگه…

- امان ازگذشته. سایه‌ش همیشه تو زمانِ حاله.

- آره. ولی من همه چی رو درباره‌ی گذشته‌م براش گفتم.

- همه چی رو؟

مرد سکوت کرد و خاکستر سیگارش را تکاند. زن به ته‌مانده‌ی فنجانِ قهوه‌اش خیره شد.

- خوبه که این دختر با شنیدنِ اون چه که خودت خواستی از گذشته‌ت براش بگی، درباره‌ی تو قضاوتی نمی‌کنه. این یعنی عاشقته.

- منم دوسِش دارم. ولی دیگه بی‌پروایی گذشته رو ندارم. حالا عاقلانه‌تر تصمیم می‌گیرم. این مهم‌ترین درسیه که جدایی به آدم می‌ده.

- رنجِ جداییِ هر رابطه‌ای بالاخره تموم می‌شه، ولی اثرش نه.

زن خداحافظی کرد و از دفترِ مجله رفت بیرون. مرد به شکل‌های درهم و برهمِ نقش‌بسته‌ی تهِ فنجانِ زن خیره شد. دوازده سال پیش که از او خواستگاری کرده بود، جواب شنید: «من آرزوهای بزرگ‌تری دارم.» حالا دوازده سال بود که هم‌چنان می‌نوشت و تلاش می‌کرد تا شاید فیلمنامه‌هایش ساخته شوند. حاصل تلاشش ساختِ یک تله فیلم بود که دوستش نداشت و معتقد بود متنش حرام شد. و یک فیلم سینمایی که هیچ‌وقت پروانه‌ی نمایش نگرفت. هر ماه هم نقدی بر فیلم‌های روی پرده می‌نوشت و می‌آورد دفتر مجله. به درددل‌های مرد که حالا دوباره همکارش شده بود، گوش می‌کرد و بعد می‌رفت. یک سالی هم بود که دلش هوای داشتن یک خانواده‌ی مستقل را داشت. این را وقتی سروصدای دو پسربچه‌ی همسایه‌ی دیوار به دیوارش را می‌شنید که سکوتِ اتاق کارش را می‌شکست، بیشتر حس می‌کرد.

زندگی

دبیر بود. روزها در دبیرستان تدریس می‌کرد و عصرها در آموزشگاه‌ها. بافتنی و خیاطی هم بلد بود. از همکارانش کار سفارش می‌گرفت و شب‌ها می‌بافت و می‌دوخت. اما برای خودش فرصتِ دوخت‌ودوز نداشت. به درس و مشقِ بچه‌هایش هم می‌رسید و ساعت که از دوازده شب می‌گذشت و همه به خواب می‌رفتند، تازه شروع می‌کرد به آشپزی و پختنِ غذای فردا. از جوانی‌اش فقط کار و آماده کردن قسط‌های هر ماه را به یاد دارد؛ از قسطِ خرید خانه گرفته تا قسطِ خرید ماشین و زمین.

شوهرش کارمند بود. از آن وظیفه‌شناس‌هایی که همیشه نیم ساعت زودتر از ساعتِ مقرر کارت ورود می‌زنند و نیم ساعت دیرتر از زمانِ تعطیل شدنِ اداره کارت خروج می‌زنند، اما هیچ‌گاه ارتقا نمی‌گیرند و همیشه یک کرمندِ وظیفه‌شناس می‌مانند. شوهرش اهلِ اضافه‌کاری نبود و معتقد بود زندگی یعنی همین لحظه.

همین که چرخ زندگی بچرخد، کافی است. حالا چه فرقی می‌کند در خانه‌ی اجاره‌ای باشیم یا خیابان‌ها را با پای پیاده گز کنیم. عصرها که به خانه می‌رسید، یا اخبار تلویزیون را تماشا می‌کرد یا رادیوگوش می‌کرد و پی‌گیرِ اموراتِ مملکت می‌شد. گاهی هم می‌رفت پیش رفقایش شطرنج بازی می‌کرد و درباره‌ی آخرین اخبار حرف می‌زد.

حالا زن در آستانه‌ی شصت سالگی یک آموزشگاه دارد و یک تولیدی لباس. از پوشیدنِ لباس‌های نوکِیف می‌کند و با آن‌که خودش هم تولیدی دارد، باز هم دوست دارد برایش لباس سوغاتی بیاورند یا هدیه‌ی تولد، لباس کادو بگیرد. پسرش دندان‌پزشک است و با کمکِ مالی او صاحبِ مطب و تجهیزات لازم شده است. دخترش هم در آموزشگاهش زبان تدریس می‌کند. روزهای تولد و سالگردِ ازدواجِ بچه‌هایش را هم خودش یادِ شوهرش می‌اندازد. به آموزشگاه و تولیدی سر می‌زند و ماهی دو بار هم با شوهرش به ویلایی می‌رود که در شمال ساخته و گل و گیاه پرورش می‌دهد. مرد هم که بازنشسته است و در آستانه‌ی هفتاد سالگی، آب‌وهوای شمال مشکلِ تنفسی‌اش را تقریباً برطرف کرده. هم‌چنان اخبار را پی‌گیری می‌کند و خبرهای مربوط به زنانِ موفق را هم به اطلاعِ همسرش می‌رساند و از این‌که یک زنِ ایرانی توانسته به فضا برود، افتخار می‌کند.

تا به حال نه در برنامه‌های رادیویی با همسرش گفت‌وگو شده، نه در برنامه‌ی بانوانِ موفقی که از تلویزیون پخش می‌شود. اما بچه‌هایش خوب می‌دانند که مادرشان شکلِ دیگری از زندگی کردن را بلد است و حرف‌های نگفته‌ی زیادی دارد.

دو مادر

دو مادر جان در بدن نداشتند؛ یکی ولو شده بود روی سنگ‌فرشِ خیابان، دیگری روی سنگِ قبرِ پسرش. یکی مادرِ قاتل بود، دیگری مادرِ مقتول. یکی پسری داشت هفده ساله، که در یک نزاع خیابانی کشته شده بود و دیگری پسری داشت بیست‌وچهار ساله، که دو ساعت قبل، پای چوبه‌ی دار بخشیده شده بود. یکی به دیگری فکر می‌کرد که به‌زودی می‌تواند برای پسرش شام و ناهار بپزد و سفره پهن کند و حتی روزی عروسی بگیرد. دیگری به ضجه‌های چند ساعت پیشش فکر می‌کرد و به مادری که حالا رفته بود آرامگاه به دیدارِ پسرش. و لعنت می‌فرستاد به دعوای احمقانه و چاقویی که از هفت سال پیش به جانِ دو خانواده افتاده بود. دو مادر، هم‌زمان، گریه می‌کردند؛ یکی ولو شده بود روی سنگ‌فرشِ خیابان، دیگری رویِ سنگ قبرِ پسرش.

دیگری

مرد دوست داشت همسرش موهایش را کوتاه کند، مثلِ ناخن‌هایش. دوست داشت همسرش موهایش مشکی باشد؛ پرکلاغی. زن موهای بلندش را شرابی می‌کرد و ناخن‌هایش را می‌کاشت. این‌جور دوست داشت.

وقتی مادرشوهرش مُرد، در صندوقچه‌اش، آلبومی قدیمی پیداکرد. زنی، کنار شوهرش، با موهای کوتاه و پرکلاغی، به او می‌خندید. چقدر دوست داشت همسرِ سابقِ مرد را می‌دید و هیچ‌وقت دلش را نداشت. دست‌هایش در عکس پیدا نبود. زن خوب می‌دانست که ناخن‌هایش باید کوتاه باشد، کوتاهِ کوتاه.

تداعی

بعد از سه سال، زن و شوهر رفتند سفر. تعطیلاتِ عید نوروز بود و سفر به گوا هم دیدنی. سه سال بود که با هم عکس نگرفته بودند و حالا به هر ساحلی که می‌رفتند، دوربینشان را می‌دادند به یک هندی و می‌خواستند از آن‌ها عکسِ یادگاری بگیرد؛ از ساحلِ کالانگوت گرفته تا ساحل‌های آرامبول و کاندولیم و باگا، زیرِ آفتاب درخشان و کنارِ درخت‌های نارگیلِ فرورفته در آب یا صخره‌های سنگی میانِ امواج دریا. سه سال بود که مرد پا به پای زن خرید نرفته بود و حالا از مارکت‌های آن‌جا، لباس پنجابی و شلوارِ علی‌بابا برای همسرش انتخاب می‌کرد. در خرید سوغاتی برای فامیل هم به او کمک می‌کرد؛ از انتخابِ عود و پارچه‌های ساری گرفته تا صنایع دستی چوبی. سه سال بود که مثلِ دو تا هم‌خانه با هم زندگی می‌کردند و حالا هر شب نور ماه می‌افتاد به تخت‌خوابِ دونفره‌ی زن و شوهری که انگار آمده‌اند ماه

عسل. سه سال بود که بیشتر روزها بیرون از خانه و جدا از هم غذا می‌خوردند و حالا طعمِ غذاهای تند و ادویه‌دار هندی را با هم تجربه می‌کردند. کنارِ سوییتشان یک زوجِ ایرانی دیگر هم بودند که یک بار با زن و شوهر برای فیل‌سواری و رفتن به باغِ ادویه همراه شدند. این زوج کمتر با هم دیده می‌شدند؛ مرد بیشتر سرگرمِ موج‌سواری بود، یا می‌رفت سراغِ جت اسکی. زن هم تمام مدت خرید می‌کرد. آن شب وقتی صدای دعوای زن و شوهر بلند شد، زوجِ ایرانی سوییتِ کناری اول به روی خودشان نیاوردند، اما وقتی زن فریاد زد و کمک خواست، خودشان را به سوییتِ آن‌ها رساندند. وارد که شدند، دیدند مرد خودش را به درِ اتاق خواب می‌کوبد تا باز شود. با دیدنِ آن‌ها، بی‌حرکت ماند و سرش را پایین انداخت. مردها که رفتند بیرون، زن قفلِ در را باز کرد. هم‌چنان می‌لرزید و گریه می‌کرد. آن یکی زن کنارش بر لبه‌ی تخت‌خواب نشست.

- نمی‌خوام دخالت کنم. اما یهو چی شد؟ شما که این چند روز همش با هم بودین.

- می‌خواست درِ چمدون رو ببنده، زیپش در رفت. گفتم یه درِ چمدون رو هم نمی‌تونی ببندی؟

- همین؟!

- همین!

بیست دقیقه قبل وقتی مرد شنید «یه در چمدون رو هم نمی‌تونی ببندی؟!» انگار فریادهای پدرش تداعی شد وقتی درکودکی‌اش می‌گفت: «تو از پسِ یه کارِ ساده هم برنمی‌آی! تو هیچی نمی‌شی. بی‌عرضه!» و این خاطره گره خورد به زمانی که از اولین محلِ کارش اخراج شد و صاحب‌کارش گفت: «حیف از اعتمادی که به استعدادِ تو داشتم.» و این تصاویر با تصویری از اولین و آخرین زنی که عاشقش شده بود و از او خواستگاری کرده بود، بر سرش آوار شد که به او گفته بود: «پدرم گفته این پسره اگه عرضه داشت، از محلِ کارش اخراج نمی‌شد.» و درکمتر

از چند ثانیه شده بود آدمِ دیگری و حالا نشسته بود کنارِ مردی که می‌گفت: «این چند روز همش به زنم می‌گفتم این آقا خیلی آدم حسابیه! یهو چت شد مرد؟!»

پنهانی

زن مچاله شده بود گوشه‌ی تخت‌خواب. بالای سرش برگه‌های روزنامه‌ی همشهری باز بود و گوشی تلفن روی آن. نمی‌دانست چه کند. ته‌مانده‌ی پس‌اندازش را بردارد و با یکی از همین تورهای مسافرتی آگهی همشهری برود چین یا اسپانیا یا برزیل. گیریم رفت، حالِ بد بدترش می‌کرد در سفر. اصلاً ذاتِ سفر برای آدم دل‌تنگ این است؛ دل‌تنگ‌ترت می‌کند لعنتی! این را همیشه خودش به دوست‌هایش می‌گفت. خواست دوباره شماره‌ی مرد را بگیرد. چه بگوید؟ زن خوب می‌دانست برای کسی که می‌خواهد برود، نمی‌شود از ماندن حرف زد. از هشت سالی که گذشت. این‌که دیگر آن دختر بیست و چند ساله‌ای نیست که وقتی رو به آینه می‌ایستاد، چشم‌هایش می‌درخشید و خطی بر پیشانی نداشت. در منطق جدایی نمی‌گنجد. به خودش آمد، دید ایستاده نبش همان خیابان همیشگی که دلش را می‌لرزاند.

مرد تا به حال او را با این وضعِ آشفته ندیده بود. انگار یخ می‌بارید. قحطی آفتاب بود و عینک آفتابی زده بود تا چشم‌های پف‌کرده‌اش پنهان بماند. پنهان ماندن را آن سال‌ها خوب یادگرفته بود. نه تماسی گرفت، نه زنگِ در را زد. راهش را گرفت و رفت. با خودش گفت مرد این آمدن پنهانی را هم هیچ‌گاه نخواهد فهمید.

آن شب، مرد نشسته بود داخل ماشین. سیگار می‌کِشید و به پنجره‌ی اتاق خواب زن نگاه می‌کرد که بسته بود و پرده‌اش کشیده و اتاق در تاریکی فرو رفته بود.

تماس

مرد عادت نداشت در محل کار حالی از زنش بپرسد. فرصتش را نداشت. زن عادت کرده بود که در طول روز خبری از شوهرش نشود، مگر به ضرورت.

آن روز که همکار مرد از سرِ خاکِ همسرش برگشت، مرد دلش هوای زنش را کرد. نمی‌دانست چه بگوید. پیامک فرستاد: «هوا خیلی گرمه. بیرون نرو!»

زن تعجب کرد. عادت نداشت. نوشت: «ازکجا می‌دونستی می‌خوام برم بیرون؟!»

مرد پشیمان شد. نوشت: «اشتباه فرستادم. می‌خواستم واسه لیلا بفرستم.»

زن با خودش کلنجار رفت. خواهر شوهرش پایش شکسته و در گچ بود. در دلش چیزی فرو ریخت. آن شب که شوهرش به خانه آمد، اول رفت سراغ فیس‌بوک، مثلِ همیشه. زن قبل از این‌که شام را بکِشد، رفت سراغ کُتِ مرد. عطرِ خنکی را بو می‌کشید که برایش آشنا نبود.

گربه و زن

زن تا گریه‌اش می‌گرفت، گربه می‌پرید روی دسته‌ی مبل و پنجه‌اش را می‌کِشید روی گونه‌ی زن. شوهرِ زن از پشتِ پنجره زل می‌زد به خیابان و سیگار می‌کشید. زن تا می‌خواست بخوابد، گربه می‌پرید کنارش و صورتش را می‌لیسید. شوهرش تا سرش را می‌گذاشت روی بالش، خوابش می‌بُرد.

زن تا می‌خندید، گربه خودش را ولو می‌کرد کنارش و بازی‌اش می‌گرفت. شوهرش تلویزیون تماشا می‌کرد. زن در فیس‌بوک فقط از گربه‌اش می‌نوشت. مرد هر روز مطالب زنش را لایک می‌کرد!

مادربزرگ

مادربزرگ که واردِ دبستان دخترانه می‌شد، نگاهِ همه را به سمتِ خود می‌کشید. مادربزرگ بالابلند بود و جذاب، با موهای های لایتِ نسکافه‌ای که از زیر روسری هم پیدا بود، تازه براشینگ شده، با ناخن‌های مانیکورشده و تیپی که معاون اجرایی می‌گفت: «می‌شه از روش مدل بردارن واسه فشن شو!» نوه‌اش کلاس اول بود و با این‌که دو ماه از سال تحصیلی گذشته بود، فقط او پی‌گیر امورات دخترک درمدرسه بود. پرونده‌ی دخترک راکه بررسی کردند، کنار شغلِ مادر نوشته شده بود: دارای سالن زیبایی- آرایشگر.

مدیرگفت: «آره خب، انقد فکرِچسان فسان خودشه که دیگه وقت نمی‌کنه یه سر بیاد مدرسه ببینه چه خبره!»

معاون اجرایی نگذاشت حرف روی زمین بماند.

- مامان بزرگه هم بدتر از مادره! نمی‌بینی وقتی می‌آد، انگار اومده سالن مزون! یکی نیست بگه جای این قرتی‌بازی‌ها این بچه رو دریابین که دو ماه از سال گذشته هنوز استرس داره و گریه‌ش می‌گیره سرِ کلاس.

مدیر جفت پایش را کرد توی یک کفش که باید مادر بچه به مدرسه بیاید.

- یعنی چی که وقت نداره! به این‌ها هم می‌گن مادر؟! یه روز به جای آرایشگاه بیاد مدرسه‌ی دخترش ببینه دردِ این بچه چیه! روزی که قرار شد مادرِ دخترک با مادربزرگ به مدرسه بیاید، معاون اجرایی گفت: «حالا آخرین مدلِ مو و فرنچِ مامانه رو کجای دلمون بذاریم؟!» و خودش خنده‌اش گرفت. یک ساعت بعد مادربزرگ با زنی ریزجثه وارد شد که به‌سختی راه می‌رفت و رنگ به صورت نداشت. مادربزرگ گفت دخترش اِم‌اِس دارد و نمی‌خواستند در محیط مدرسه کسی باخبر شود. شاید به‌گوش نوه‌شان برسد و دخترک خجالت بکشد یا غصه بخورد.

دو روز بعد دخترک در سالن زیبایی از گریه به هق‌هق افتاده و از مادربزرگ پرسیده بود: «مامانم می‌میره؟!»

- نه قربونت برم. یه کم کمرش درد می‌کنه، همین!

- آخه ملیکا گفت مادربزرگش که مثل مامانِ من بود، مرد!

- ملیکا کیه؟

- تو کلاس کنارم می‌شینه. خانوم مدیر، عمه‌شه. تازه، جامدادی باربی هم داره.

مادربزرگ نوه‌اش را بغل کرد. دخترک را که می‌بوسید، حس می‌کرد دخترش دوباره هفت ساله شده.

- فردا باهات می‌آم مدرسه.

- چرا؟

- می‌خوام ملیکا رو ببینم، توی دفترِ عمه‌ش.

مثلِ هر روز

مرد، مثلِ هر روز، موهای سفیدِ زن را شانه کرد. ملافه را کِشید تا زیرِ گردنش و پیشانی‌اش را بوسید؛ زنی که چند سال بود دیگر او را نمی‌شناخت. بعد، به‌ گلدانِ روی سه‌پایه‌ی کنار تخت خواب آب داد. زن دلش می‌رفت برای حسن‌یوسف.

مرد کنارش نشست و کتاب را بازکرد و ادامه‌ی آن را خواند. زن عاشقِ صدایش بود. داستان که تمام شد، شماره‌ی دخترشان را گرفت و جوری که همسرش را از خواب بیدار نکند، آرام گفت: «مامانت تموم کرده! دو ساعت پیش!»

دست‌ها

اتوبوس در ترافیک مانده بود. زن سرش را تکیه داده بود به پنجره. دخترش دست‌بند و انگشتر بدلی را به دست کرد و با شوق به او نشان داد. بعد گفت: «مامان! چرا اون انگشتر رو نخریدی؟ به نظرم به دستت می‌اومد. تازه، اگه تو اونو دستت می‌کردی، همه فکر می‌کردن طلاست.» زن به دست‌هایش خیره شد. نه حلقه‌ای به انگشت داشت، نه انگشتری. آن دست‌ها آن‌قدر کار کرده بودند که فرم و پوست لطیف زنانه را از دست داده بودند. زن دست‌هایش را برد زیر چادرش و از پنجره‌ی اتوبوس به ماشینِ پرایدِ کنارشان نگاه کرد. انگار حرف‌های دخترک را که تولدِ نُه سالگی‌اش را با این هدیه‌ی مادر جشن گرفته بود، نمی‌شنیدکه می‌گفت: «مامان! به نظرت اون انگشتره که نگینِ قرمز داشت، قشنگ‌تر نبود؟! کاشکی این رنگِ طلاییش سیاه نشه. مگه نه؟» زن هم‌چنان خیره مانده بود به ناخن‌های

کاشته و انگشت‌های کشیده‌ی زنی که روی دستِ مرد بر دنده‌ی ماشین بود... و چراغ سبز شد.

انارهای خشک

زن لپ‌تاپ را روشن کرد. هدیه‌ی شوهرش بود برای تولدش قبل از این‌که از هم جدا شوند. نمی‌دانست از سلیقه‌ی خودش است یا برندِ خوب که این لپ‌تاپ هنوز مثلِ روز اول مانده بود. مثلِ پنج سال پیش. به عکسش در بک‌گراند مانیتور خیره شد؛ به منظره‌ی آب‌انبارِ توی عکس. به تاریخِ عکس که یادآور هشت سال پیش بود. به چشم‌هایش که رو به دوربینِ شوهرِ سابقش در آن سفر یزد می‌خندید. واردِ برنامه‌ی فتوشاپ شد تا عکس تازه‌اش را روتوش کند. شوهر سابقش روتوش کردن را یادش داده بود. تیرگی و پُفِ زیرِ چشم‌هایش را گرفت. کاش برنامه‌ای هم بود که می‌شد خودِ چشم‌ها را هم روتوش کرد؛ چشم‌هایی که درعکس نمی‌خندند، حتی اگر نیش تا بناگوش باز باشد! این فکر وقتی از ذهنش گذشت که به چشم‌های خودش خیره شده بود. به چشم‌های زنی در عکس

که کنارِ مردی ایستاده بودکه یک سال بود شوهرش شده بود. بعد، سری زد به دنیای مجازی. صفحه‌اش را در فیس‌بوک بازکرد. زنی برایش پیغام گذاشته بود:

سلام بانو. من دوست‌دخترِ سابقِ همسرِ سابقِ شما بودم، عکس‌های شما رو روی دیوارِ خونه‌ی سابق شما دیده بودم و عاشقِ اون سبدِ پُر از انارهای خشکِ روی میزِ آرایشِ توی اتاق خوابتون بودم. خوشحال می‌شم دوستیِ من رو بپذیرید!

نوزاد

نوزاد شیر می‌خورد. انگشتِ اشاره‌ی زن را در مُشتش گرفته بود و فشار می‌داد. سرانجام سیر شد. مادر، نوزاد را از آغوش زن گرفت و گفت: «خدا خیرت بده! انقده هم غصه نخور! ایشاالله شکمِ بعدی!»

آلزایمر

-اِلی! عزیزم! قربونت برم! کجایی؟

زن نشست روبه‌روی مرد.

-الی کجاست؟

زن سکوت کرد.

- می‌گم الی کجاست؟

- می‌آد!

- چقد شبیهِ الی هستی. اونم همیشه موهاش رو می‌ریزه رو شونه‌هاش.

زن لبخندی زورکی زد.

- چالِ گونه! عینِ الی! تو رفیقشی؟

زن رفیقِ الهه بود. بیست‌وسه سال پیش. وقتی الهه طلاق گرفت و رفت،

مرد با او ازدواج کرد. می‌گفتند الی رفته اسپانیا، بعد از چند سال هم شنید در ایتالیا زندگی می‌کند. و دیگرکسی نشانی از الهه نداشت. زن هم دیگرسراغی از الهه نمی‌گرفت. فقط گاهی دلش برای شر و ورگفتن و از خنده ریسه رفتن با الی تنگ می‌شد. از دلِ مرد خبر نداشت، فقط حس می‌کردکه مرد عاشقش است و او هم عاشقِ زندگی با مرد. حالا، بعد از بیست‌وسه سال، مرد، عشقش را به یاد نمی‌آورد و سراغِ زنش را از او می‌گرفت. زن با خودش فکر می‌کرد: این آلزایمر است یا نشانه‌ای از الهه؟!

بستنی یخی

صدای شور و بازیِ پنج پسربچه‌ی فال‌فروش که در استخرِکم‌آبِ وسطِ میدان آب‌تنی می‌کردند، پیچیده بود در فضا. مرد چند لحظه ایستاد و خیره شد به آن‌ها. یادِ بچگی‌اش افتاد که در حوضِ کوچکِ خانه آب‌تنی می‌کرد و بعد، با پول توجیبی پدر می‌رفت تا برای خودش بستنی یخی بخرد. چقدر بستنی یخی بعد از آب‌تنی می‌چسبید. پدرش که مُرد، به او فهماندند که دیگر مردِ خانه شده. هنوز ده سالش تمام نشده بودکه فهمید فصلِ آب‌تنی و بستنی و شور و هیجان دیگر تمام شده و حالا باید فقط درس بخواند وکارکند. حالا چهل‌وپنج ساله بود و دکتر داروساز، و داروخانه‌ای هم آن سوی میدان داشت. اما دلش یک آب‌تنی بی‌دغدغه می‌خواست با بستنی یخی. به پسربچه‌ها گفت: «دوست دارین با هم بریم بستنی بخوریم؟!»

پسربچه‌ها سر از پا نمی‌شناختند، همان‌جورکه آب از بدن و سر و صورتشان چکه می‌کرد، لباس‌هایشان را پوشیدند و پاکت‌های فال و بسته‌های آدامس را گرفتند و به مرد رفتند آن سوی خیابان. با دیدنِ تویوتاکمری ذوق‌زده شده بودند و برای نشستن روی صندلی جلو، دعوایشان شد. مرد، کوچک‌ترین آن‌ها را جلو نشاند و چهارنفرهم عقب ماشین چپیدند. صدای خنده و بالا و پایین پریدنشان مرد را هم سرِشوق آورده بود. جلوی یک بستنی‌فروشی نگه داشت. وقتی پیاده شدند، آدم‌ها با بُهت به مردِ شیک‌پوشی نگاه می‌کردند که پنج پسربچه‌ی فال‌فروشِ خیس را به بستنی‌فروشی می‌برد. نشستند و بستنی میوه‌ای اعلا با فالوده خوردند. به ساعتش نگاه‌کرد. باید می‌رفت دنبالِ پسرش که تا نیم ساعتِ دیگرکلاسِ شنایش تمام می‌شد. از پسربچه‌ها که برایش دست تکان می‌دادند، جدا شد و غرق درخاطراتِ کودکی‌اش رفت سمتِ استخر.

گپ

- مردهایی که اومدن تو زندگیم بیشتر دوست داشتن قهرمانِ رمان‌هام باشن تا قهرمانِ خودِ زندگیم!

- مثل علیرضا! اجرای نمایشم رو که دید، جا خورد! روشن‌فکری که من نوشته بودم، با تصویری که از خودش داشت، خیلی فرق می‌کرد! شاید فکر می‌کرد بعدِ هشت سال نتونستم بشناسمش. شاید هم فکرکرد خوب شناختمش و این جوری خواستم از تلخی‌هاش انتقام بگیرم.

- مهران که این اواخر به جای رفاقتِ با من داشت رقابت می‌کرد! کارهاش رو به رخِ من می‌کِشید؛ منی که با نوشته‌هاش زندگی می‌کردم. تا می‌تونست دلیل ردیف می‌کرد که رمان آخرم قوی نبوده و جایزه به اون کارهم یه شوخی بود! چاپِ دوم و سوم هم به خاطر این بوده که مُهرِ جایزه خورده روش! کاش هیچ‌وقت جایزه

نمی‌گرفتم. انگار اون جایزه و مصاحبه پشت مصاحبه، فاصله‌ی اونو از من بیشتر و بیشتر کرد. ولی من همون آدم بودم، این مهران بود که عوض شده بود. می‌گفت تو کم کتاب می‌خونی. کم فیلم می‌بینی. می‌گفتم من ممکنه از تو کمتر کتاب بخونم یا کمتر فیلم ببینم، اما کم کتاب نمی‌خونم، کم هم فیلم نمی‌بینم. می‌گفت آدم‌های دور و برت رو که نمی‌شناسی هیچ، خودت رو هم نمی‌شناسی! اگه خودش نویسنده نبود، تعجب نمی‌کردم از حرف‌هاش؛ از این‌که مثل بیشتر آدم‌ها فکر کنه من همیشه فقط از اون چیزهایی باید بنویسم که خودم دارم، یا خودم تجربه‌ش کردم. من که تا حالا بیشتر از نداشته‌هام نوشتم.

- مثل کامی، هان؟ یکی که پای سینما رفتن باشه و تا از حماقتِ توی فیلمنامه خنده‌ت گرفت، اونم وقتی تماشاچی بغل دستیت داره اشک می‌ریزه، باهات بزنه بیرون. یکی که تا هوای دو نفره زد به سرت، بگه عصری بیا دفترِ کارم می‌ریم یه دوری می‌زنیم. وقتی اس‌ام‌اس می‌دی دل‌تنگشی، بگه کجایی الان؟! یکی که باهات درباره‌ی خودش و خودت گپ بزنه.

- از همه مهم‌تر رو نگفتی!

و خندید.

-آره! مهم‌تر از همه، تو رو به مادرش معرفی کنه!

- آخ! آخ! کامی! اگه یکی مثل کامی وجودِ خارجی داشت که همین الان شوهر می‌کردم! یکی که بگه تو فقط باش، بقیه‌ش با من.

- چه چیزهای ساده‌ای واسه ما شد آرزو!

دو زن سکوت کردند و از درِ شیشه‌ای کافه خیره شدند به خیابان. مردی که از جلوی کافه می‌گذشت، دستِ زنی را که با او قدم می‌زد، گرفت و بُرد توی جیبِ کُتِ خودش. دو زن هم‌زمان لبخند زدند.

عروس

خبرِ ازدواجِ پسر با دخترِ کارخانه‌دار که پیچید در شهر، چو افتاد که فلانی عاقبت به‌خیر شد. زن‌های محل می‌گفتند حالا می‌تواند دستِ مادرش را هم بگیرد و برایش یک آرایشگاه بزند. زنِ بیچاره با بندانداز‌ی بزرگش کرده. مردهای قوم‌وخویش می‌گفتند می‌خواست یک عمر بنشیند پشت میزاداره و نامه‌های مردم را پیشتاز کند، حالاآقایی می‌کند برای خودش. می‌رود سرکشی می‌کند به شعبه‌های پخشِ محصولاتِ پدرزنش در شهرها.

دوست‌هایش می‌گفتند حالا می‌تواند بی غمِ نان بنشیند و شعر بگوید. آن دختر با رفتنش شاعرش کرد، این دختر با آمدنش مشهور. همین امروز، فردا آلبوم صوتی شعرهایش هم با سرمایه‌ی زنش منتشر می‌شود؛ با موسیقی فلان آهنگ‌ساز مشهور و دکلمه‌ی بهمان هنرپیشه‌ی مطرح.

دخترهای آشنا می‌گفتند با پول، چه راحت آن دختره‌ی ایکبیری شوهرکرد با آن صورتِ پُرمو و موهای دو سانتیِ کله‌اش. مثلاً می‌خواهد با بقیه‌ی دخترها فرق داشته باشد! حتماً حالا هم خریدِ عروسی‌اش را از تهران می‌کند و ماه عسل هم می‌رود ترکیه! یک ماه نشده، خبرطلاق پسر با دخترکارخانه‌دارکه پیچید در شهر، چو افتاد فلانی عرضه نداشت. زن‌های محل می‌گفتند مادرش زنیت نداشت! تازه‌عروس را فراری داد، مثلِ شوهرش! مردهای قوم‌وخویش می‌گفتند اهلِ زندگی نبود، مثلِ پدرش که عروسش را رها کرد و رفت. دوست‌هایش می‌گفتند نمی‌شود که دلِ آدم دنبالِ یکی باشد، چشمِ آدم دنبال دیگری.

دخترهای آشنا می‌گفتند معلوم بود که پسرِ زری بندانداز مردِ زندگی نمی‌شود. اصلاً مرد که نباید آن‌قدر خوش‌برورو باشد و بی‌پول، زن هم آن‌قدر پول‌دار و بی‌ریخت! آبشان توی یک جوی نمی‌رود خب! پسر از اداره‌ی پُستِ آن منطقه انتقالی گرفت و از آن شهر رفت. حتی به مادرش هم نگفت که عروس، زن نبود. مرد بود و خانواده‌اش شرم داشتند از درمان.

جنایت

خبر جنایتِ شهرک غرب پیچید در فضای مجازی؛ گزارشی از قتلِ دختر بیست‌وپنج ساله به دستِ شوهرش بر اثر ضربه‌ی مغزی. سیلِ کامنت‌ها پای مطلب و عکسِ دخترِ مقتول و قاتلِ نوازنده که همدیگر را بغل کرده بودند، راه افتاد.

- آخه عاشقِ چی چیه این مردک شدی دختر؟

- وای! شوهره چقد کوتوله و زشته!

- عاشقِ پولش.

- واقعاً‌که بی‌شعورین. این بابا جرمش اینه‌که زنش رو کتک زده و کشته، نه این‌که کوتوله‌اس یا زشت یا هرکوفتِ دیگه‌ای. می‌گن سقراط هم زشت و کوتوله بوده!

- آخه یه مقایسه‌ای کنین بگُنجه! سقراط با این؟!

- روحش در آرامش!

- یارو عین جن می‌مونه! آدم وحشت می‌کنه می‌بیندش، اون وقت این دختر چه جوری چهار سال باهاش زندگی کرده؟

- متأسفم که بعضی‌ها انقده درک ندارن که وقتی یه نفر عاشق یکی می‌شه، این چیزهایی که شما می‌نویسین، اصلاً به چشمش نمی‌آد.

- اشتباه این خانوم این بوده که به خاطر ثروت رفته زنِ یکی شده که وقتی عکسش رو می‌بینی، وحشت می‌کنی! منظورم زشتی و زیباییش نیست، اون حالت روانی تو چشم‌هاشه!

- بس کنین دیگه! من دوره‌ی راهنمایی هم‌کلاسش بودم. خیلی ساده بود و مادیات واسش مهم نبود. حالاگیریم پدرش کارمند شهرداری بوده.

- عجب پسر رعنا و تودل برویی بوده!

- حالا دختره هم همچین جیگری نبوده! چشمش لوچه!

- خجالت نمی‌کشین پشت سر مُرده این‌جوری می‌نویسین؟!

- عشق‌های مجازی همینه دیگه! دوستان! مجازی شوهر نکنین لطفاً! اینم عاقبتش:

- مقصر مامان و بابای دختره هستن که با این ازدواج موافقت کردن. حالا هر چقد هم فقیر، آدم که بچه‌ش رو نمی‌ده دستِ این جانی!

- مگه توی گزارش نخوندین. پدرش مخالف ازدواج بوده، دختره راضی نمی‌شده. می‌گفته یا این، یا هیچ‌کس!

- من هیچ‌وقت درباره‌ی کسی قضاوت نمی‌کنم، ولی متأسفم که این دختر به خاطر پول خودش رو فروخت به یه هیولا.

- می‌گن موهای دختره روگرفته و چند بار سرش روکوبیده به دیوار! حیووووون!

- تو این گزارش نوشته مادر و پدر دختره زنده‌ان، ولی من تو یه گزارش دیگه خوندم مادرش مرده. جلوی چشمِ دختره، وقتی هفت سالش بوده، تصادف

می‌کنه و درجا می‌میره.

- چرت و پرت نگین به خاطر ازدواج مجازی بوده! بالاخره که این دختره مرتیکه روانی رو قبل از ازدواج دیده بوده از نزدیک!

- ببین چه عوضی بوده که ننه باباش هم طردش کرده بودن. چند ساله که ایران نیستن، می‌گن خبر رو شنیدن، گفتن این پسر ما نیست!

- عوضی، جانی، روانی، کوتوله، هرکثافتی که بوده، این آخرین مطلب دختره توی صفحه‌ی فیس‌بوک خودشه. اینم عکسِ سبدِگل نرگسی که با یادداشتش گذاشته رو وال، دو ساعت قبل از این‌که کُشته شه. لینکش هم هست: «احساس می‌کنم هیچ‌وقت این‌قدر خوشحال نبودم. به نظرم اگر عشق عطری داشته باشد، که دارد، بوی عطرِگل‌های نرگس می‌دهد. شبِ عشق من با این نرگس‌ها تکمیل شد.» این کامنت، تنور نظرات را گرم ترکرد.

- بابا! نکنه دختره عاشقِ یکی دیگه بوده، مرده هم فهمیده گرفتتش به بادِ کتک!

- از کجا معلوم این سبدِگل رو شوهرش نداده؟ آخه آدم از یکی دیگه گل می‌گیره می‌ذاره رو والش تا شوهرش ببینه؟!

- آدمیزاده دیگه! یه وقت‌هایی هرکاری می‌کنه!

- من می‌گم شوهرش عاشقش بوده، فقط یه کم قاطی داشته! این دختره هم از منت‌کشیِ بعد از کتک خوردن لذت می‌بُرده! واسه همین هم مَرده سرِ هیچ و پوچ می‌زدتش تا عشقش رو این‌جوری نشون بده! نشون به اون نشون که دو ساعت قبل از کتک‌کاری هم واسه زنش گل نرگس گرفته بوده. حالا خدایی چه سبدِگُلِ خوشگلی هم هست!

- واقعاً متأسفم! آقا نذارین این مطالب رو که هرکی، هرچی می‌خواد درباره‌ی یه دخترکه دستش از دنیاکوتاهه بنویسه.

اما آدم‌ها نوشتند و نوشتند. تا زمانی که سوژه‌ی دیگری در فضای مجازی به

دستتان رسید و سرگرمِ قضاوت کردن درباره‌ی زندگیِ آدمِ دیگری شدند. رازِ زندگیِ قاتل و مقتولِ جنایت شهرک غرب هم فاش نشد. قاتل هیچ‌وقت حرفی نزد، حتی وقتی می‌خواستند چهارپایه را از زیر پایش بکشند.

درِ پشتی

زن و شوهر که از دریا برگشتند، دخترِ شش ساله‌شان گفت:

- مامان آزی! عروسکم کو؟

درِ پشتی ویلا باز مانده بود و حالا باقی‌مانده‌ی ناهاری که از ظهر روی میز آشپزخانه بود، خورده شده بود. عروسکِ دختر، انگشتر طلای زن که موقع ظرف شستن درآورده بود و کنار سینک گذاشته بود و فراموش کرده بود دوباره دستش کند، به همراه شکلات‌های روی میز و مرغ و ماهی‌های داخل فریزر نبود. اما بیست تا اسکناس پنجاه‌هزار تومانی مرد که داخلِ کیفِ پولش بود و باید بدهیِ باغبان را بابتِ خرید و کاشتِ نهال و گل‌کاری می‌داد، همان جور دست‌نخورده روی میز آرایشِ اتاق خواب مانده بود. مرد برخلافِ نظر همسرش، تمایلی برای زنگ زدن به پلیس به خاطر دزدی چند تا مرغ و ماهی و عروسک نداشت. گفت: «اون انگشتر هم فدای سرت.»

سه ساعت قبل، مردِ معتاد گرسنه بود. از کنار ویلاها که می‌گذشت، دید درِ پشتی یکی از آن‌ها باز است. همین که واردِ خانه شد، غذای روی میز را خورد. چشمش افتاد به انگشتر طلای کنار سینک. آن را برداشت. درِ فریزر را باز کرد و مرغ و ماهی‌ها را انداخت توی کیسه‌ی نایلون مشکی که افتاده بود کنار سطل زباله. نگران بود که صاحب‌خانه برسد، به اتاق خواب سر نزد، فقط جیب‌هایش را از شکلات پُر کرد. داشت می‌رفت، اما نتوانست از عروسک کوکی روی مبل بگذرد.

آن شب، زنش به خواهرش زنگ زد و برای ناهار دعوتشان کرد. می‌خواست برای فردا ماهی‌ها را سرخ کند و مرغ ترش هم بپزد. دخترشان عروسک را کوک می‌کرد و وقتی عروسک می‌چرخید و آواز می‌خواند، دست می‌زد و می‌خندید.

زن که داشت سبزی پاک می‌کرد، به شوهرش گفت: «چند وقت بود از خجالت نمی‌تونستم به خواهرم زنگ بزنم. می‌دونی از کی بود می‌گفتم یه روز ناهار می‌گم عروسِت رو بیاری واسه پاگُشا. تا این یه ماه روزه‌ی خانم کربلایی هم تموم نشه که سفارشِ روزه نمی‌تونم بگیرم. پول اینو هم داده بودیم واسه تعمیر سقف! خدا رو شکر باز امروز رفتی سرِکار. خدا خیرشون بده. واسه دو ساعت بیل‌زنی، هم مرغ و ماهی دادن، هم دلِ این بچه رو شاد کردن. هر چند این زن‌های تهرانی یه کم سلیقه ندارن! آخه آدم نعمتِ خدا رو می‌ندازه تو نایلون آشغال می‌ده دستِ مردم؟! ولی سرِ نماز اِنقد دعاشون کردم. قربونِ بزرگی خدا برم. تو باز دو رکعت نماز نخون! حالا چرا نمی‌گی چقد پول دادن؟» مرد که یکی از شکلات‌ها را از جیبش درآورده بود و می‌خورد، داشت فکر می‌کرد انگشتر طلا را کی و کجا بفروشد.

- می‌گم!

خانواده

مرد هم‌چنان که تایپ می‌کرد، گفت: «پس چرا نمی‌ری؟»

انگار رابطه‌ی هفت ساله‌شان را چلانده بود در یک جمله. زن جوری دوستش داشت که انگار مردِ دیگری را نمی‌دید تا شاید بتواند جایگزین کند و هم‌چنان به پای او مانده بود؛ چه به او گفته بود عزیزم، چه مثلِ غریبه‌ها شما خطابش کرده بود. چه با او خوابیده بود، چه نخوابیده بود. چه روز تولدش را به خاطر داشت و به رویش نیاورده بود، چه اصلاً چنین روزی را به خاطر نسپرده بود. چه دعوایشان شده بود، چه دعوایشان نشده بود. چه گفته بود کِی از سفر برمی‌گردد، چه نگفته بود سفرش چند وقت طول می‌کِشد. چه سوغاتی آورده بود، چه سوغاتی نیاورده بود. آن‌قدر مانده بود و حرفی نزده بود، که حالا که خسته شده بود از این وضعیت، مرد این اعتراض را برنمی‌تابید! رفتن برای مرد مثل کلیدِ دیلیت

می‌ماند؛ می‌شود زد و خلاص. ماندن برای زن مثل کلیدِ ری‌استارت می‌ماند؛ می‌شود زد و دوباره شروع کرد. زن هم‌چنان که تایپ می‌کرد، گفت: «می‌تونی منو به بیست‌وشش سالگیم برگردونی؟»

ـ نشه هفت سال بعد بگی منو به سی‌وسه سالگیم برگردون!

دبیرِ تحریریه وارد شد. «بچه‌ها! زود باشین! هنوز تایپِ مطالبِ ویژه‌ی عید مونده.» و چند صفحه را جلوی زن گذاشت. زن با خودش گفت، شاید امسال فرق کند با بقیه‌ی سال‌ها. هر سال به همین دلش را خوش می‌کرد. مطلب را به‌آرامی سمتِ مرد سُراند. تیترش این بود: «چند نکته برای داشتن یک خانواده‌ی خوشبخت».

دو سال بعد که مرد برای کار و زندگی به استانبول رفت، در جوابِ ای‌میل‌های متعددِ زن که بی‌پاسخ مانده بود، تنها یک جمله نوشت: «من ازدواج کردم.»

شانس

مرد سالگردِ ازدواجش را فراموش کرده بود، مثلِ هر سال. زن شوهرِ دوستش را به رخش می‌کِشید: «حالا خوبه شوهرش رفیقِ خودته! ببین واسه تولدِ چهل سالگی زنش چی کارکرده. بردتش سواحل مدیترانه. حالا خارج پیشکش، لااقل منو می‌بردی درکه‌ای، جایی، یه شام مهمونم می‌کردی، یه امشب نمی‌چپیدم تو آشپزخونه بوی قورمه‌سبزی بگیرم! من که شانس ندارم مثل دوستم. خانوم چه برنزه‌ای شده بود. رنگِ شکلات! من با این رژیمِ کوفتی ده گرم، ده گرم وزن کم می‌کنم، اون وقت خانوم شده بود پوست و استخون. می‌گفت از بس فعالیتم زیاد بوده! آره خب، بس که رفته بوده خرید، شوهره هم پا به پاش. از لباس زیر بگیر تا جواهر. اون وقت تو، دریغ از یه شاخه گل. خاک تو سرِ من! اینم عاقبتِ منه! چرا هیچی نمی‌گی؟! با توام!» مرد حرفی نزد. به دوستش قول داده بود تا از بیماری

همسرش چیزی نگوید. سرطانِ سینه ریشه دوانده بود در بدنِ زن و از شوهرش خواسته بود به جای هزینه‌ی درمان، برای تولدش بروند سفر. مرد هم برای آن سفر سنگ تمام گذاشته بود.

دو روایت از یک قرار

زن می‌گفت عاشقش بودم. از وقتی شانزده سالم بود. حتی وقتی که زن گرفت و دیگر خبری ازش نداشتم. اصلاً فقط واسه خاطرِ او بود که رفتم کلاس نقاشی. استعدادِ نقاشی کردن داشتم، ولی هیچ‌وقت انگیزه‌اش را نداشتم. وقتی رفت، به عکس‌هایش که نگاه می‌کردم، دوست داشتم پرتره‌اش را بکِشم. می‌کشیدم. هر روز. تا این‌که بعدِ چند سال دوباره دیدمش، تصادفی. سوار ماشینش شدم، گفتم: «من یه عالمه نقاشی کِشیدم ازت، توی همه‌ی برگ‌هام فقط تویی.» گفت: «من یه خونه دارم توی گیشا. می‌خوای زندگی کنی؟ می‌خوای؟»

مرد می‌گفت از نوجوانی‌اش دوستم داشت. بچه‌تر از این بود که بخواهم حتی بهش فکر کنم. فکر می‌کردم یک علاقه‌ی دوره‌ی نوجوانی است و تمام می‌شود. از آن محل که رفتم، دیگر خبری ازش نداشتم که یک روز دیدم شماره تلفنم را پیدا

کرده. هر روز زنگ می‌زد؛ زنگ، زنگ، زنگ. می‌گفت فقط یک بار دیگر می‌خواهد من را ببیند. یک دفتر نقاشی دارد که می‌خواهد بهم بدهد. سوار ماشینم کردمش. دفتر نقاشی را داد بهم و گفت: «هنوزم عاشقتم.» گفتم: «ببین! من زن و بچه دارم.» گفت: «من فقط می‌خوام با منم زندگی کنی، همین!»

حالا، هفت سال از آن قرار گذشته بود. همسرِ مرد کشته شده بود. معشوقه‌ی نقاشش متهم به قتل بود و خودش هم دلش مرگ می‌خواست.

گذشته

در طول مدتی که بازیگر پُزِ رمانِ همسرش را می‌داد که جوایز ادبی را درو کرده، کارگردانِ فیلم جدیدش به رابطه‌ی آدم‌های رمانی فکر می‌کرد که همسرِ بازیگر، شش سال پیش، اولین نسخه‌ی آن را با دست‌خطِ خودش برایش فرستاده بود و در صفحه‌ی اول آن نوشته بود: «دل‌تنگتم هنوز.»

- اون رمان قابلیت خوبی داره واسه تبدیل شدن به یه نسخه‌ی سینمایی.

- موافقم!

و با شوقِ بیشتری ادامه داد: «به شرطی که نقش اصلی رو خودم بازی کنم؛ اون مردِ گُهِ دوست‌داشتنی رو!»

کارگردان خندید.

آن شب که بازیگر برای همسرش از پیشنهادِ کارگردان برای تبدیل رمان به

فیلمنامه گفت، زن، بی‌تفاوت، شانه‌هایش را بالا انداخت «بیخود!» و خودش را در بغل شوهرش رها کرد. مرد که دست‌هایش را می‌برد توی موهایش، زن به رمانی فکر می‌کرد که حالا تنها رشته‌ی ارتباط او با گذشته شده بود؛ گذشته‌ای که دیگر دوستش نداشت، اما رمانی که حالا به چاپِ یازدهم رسیده بود و ممکن بود فیلم هم شود، یادش می‌انداخت که آن قصه را پایانی نیست؛ گیریم حالا عاشقِ شوهرش باشد.

لباسِ آبی

لباسِ آبی یقه هفت بود و روی یقه‌اش اشکالِ هندسی فلزی ظریفی دوخته شده بود. یقه‌اش خاصش کرده بود. لباس آبی اولین بار در اولین ملاقات زن با مرد پوشیده شد. و بعد با عزت و احترام در کمدِ لباس آویزان شد. گاهی که زن درِکمد را باز می‌کرد، می‌رفت در آغوشِ زن و بوییده می‌شد. یک سال بعد، در سالگردِ اولین ملاقاتِ زن با مرد، دوباره پوشیده شد و چند قطره آب انار هم رویش ریخت. زن به خانه که رسید، لکه‌های قرمز را با احتیاط شست و دوباره با عزت و احترام رفت سرِ جایش. شش ماه بعد، زن درِکمد را که بازکرده بود، همین که چشمش به لباس آبی افتاد، پرتش کرد روی زمین. آن شب، کفِ اتاق مچاله ماند. از فردا رفت توی کشوی لباس‌های دمِ‌دستی. هر بار که پوشیده می‌شد، زن پرتش می‌کرد توی لباس‌شویی. یک روز هم به جانش افتاد و اشکال هندسی دور یقه را کند و

روی یقه‌ی لباسِ دیگری دوخت. بعد هم خودش را تکه‌تکه کرد و انداخت میانِ دستمال‌های آشپزخانه. یک روز که تکه‌ای از لباس آبی در دستان زن روی میز ناهارخوری کِشیده می‌شد، شوهرش دست‌هایش را انداخت دور کمرِ زن و قربان صدقه‌اش رفت. خاطره‌ی آن عطر و قطره‌های آب انار، مثلِ یک راز بود میان آن تکه‌ی لباس آبی و زن.

بچه‌ها

بچه که بود، با تیر و کمان می‌افتاد به جانِ گنجشک‌ها. گردنشان را که با دست می‌شکست و از بدن جدا می‌کرد، تکه تکه‌های پرنده‌ها را رها می‌کرد توی کوچه پس‌کوچه‌های خاکیِ محله‌شان. نمی‌دانست سرگرمیِ پدرش در بچگی چه بوده؟ وقتی به دنیا آمد، پدرش زندان بود. وقتی دهان بازکرد به حرف زدن، پدرش را به جرم آدم‌کُشی اعدام کرده بودند. حالا که به جُرم چاقوکِشی افتاده بود زندان، به پسرش فکر می‌کرد. بچه تازه راه رفتن را بلد شده و عشقش کُشتنِ کرم‌های خاکیِ توی باغچه است.

جاری‌ها

جاری‌ها همدیگر را دوست داشتند؛ چه وقتی که هم جاری بودند و هم همسایه، چه وقتی که یکی‌شان از شوهرش جدا شد و رفت پیِ زندگی خودش و راهِ ارتباطشان فقط شد فیس‌بوک. جاری بزرگ تروکیل بود. خودش با پیشنهادِ بازخرید شوهرش موافقت کرده بود. زن صبح از خانه می‌زد بیرون و شب که می‌رسید، شوهرش چای می‌ریخت برایش و بعد، میز شام را می‌چید. جوری که مرد برنج را آبکشی می‌کرد و دم می‌آورد، هیچ‌کس نمی‌توانست. جوری قورمه‌سبزی‌اش جا می‌افتاد که حتی زبانزدِ همکاران زن هم بود. چند جورادویه را با هم قاطی می‌کرد و خوراکِ مرغی می‌پخت که مزه‌اش زیرزبان می‌ماند. محال بود کنار غذا، سالاد شیرازی یا سالادکلم درست نکند. جوری خیاروگوجه و پیازیاکلم و هویج را ریزمی‌کرد که انگار از دستگاه خُردکن استفاده کرده که آن‌قدر یک‌دست و هم‌اندازه ریز شده‌اند. مادرزن عاشقِ دامادش

بود و چنان از سلیقه و خانه‌داری او تعریف می‌کرد که انگار از کدبانوگری یک دختر دم بخت حرف می‌زند. زن همیشه احترامِ شوهرش را نگه می‌داشت و شوهر هم. شب‌ها که زن می‌رفت سراغِ پرونده‌های موکل‌هایش، مرد تا ظرف‌های شسته‌شده را خشک نمی‌کرد و نمی‌چید در کابینت، خوابش نمی‌بُرد.

جاری کوچک‌تر خانه‌دار بود. بعد از ازدواج، به پیشنهادِ شوهرش دیگر سرِ کار نرفت. شوهرش مدیریتِ یکی از موفق‌ترین شرکت‌های مهندسی ساختمان را به عهده داشت و طرح‌هایش همیشه درجه یک بود. اما زن هیچ‌وقت نتوانسته بود او را عادت دهد که وقتی از سرِ کار برمی‌گردد خانه، جوراب‌هایش را رها نکند زیر مبل. حداقل وقتی آب می‌خورد، لیوان را آب بزند، نه این‌که رها کند توی سینک. لباس‌هایش را نیندازد گوشه گوشه‌ی اتاق و موقع غذا خوردن آن‌قدر بی‌میل نباشد که انگار رفع تکلیف می‌کند. بر سر همین‌ها هم‌گاهی چنان دعوایی راه می‌افتاد که زن فریاد می‌زد طلاق می‌خواهد و مرد هم در را به هم می‌کوبید و می‌رفت. وقتی غائله می‌خوابید، خودشان هم تعجب می‌کردند که به خاطر مثلاً یک لیوانِ نشُسته، چه قیامتی به پا شده بود! جاری کوچک‌تر تنها کسی بود که وقتی خبر طلاقِ جاری بزرگ‌تر را شنید، تعجب نکرد. او خوب می‌فهمید که وقتی جاری بزرگ‌تر می‌گفت شوهرش مرد خوبی بود اما مردِ زندگی او نبود، یعنی چه. حالا هم که با وکیلی ازدواج کرده مثلِ خودش. صبح از خانه می‌زنند بیرون و شب که می‌رسند، درباره‌ی قرارهای کاری فردا با هم حرف می‌زنند. معمولاً غذا را هم به یک مرکز تهیه‌ی غذاهای خانگی سفارش می‌دهند و برایشان می‌فرستند. هیچ‌وقت هم دوست ندارند بچه‌دار شوند. جاری کوچک‌تر، زنِ برادرِ کوچک‌تر مانده و بچه‌دار هم شده است. میانه‌ای هم با جاری جدیدش ندارد. و هر بار که عکس جدیدی از جاری سابقش در فیس‌بوک می‌بیند، قربان صدقه‌اش می‌رود و کامنت می‌گذارد؛ مثلِ جاری سابقش وقتی عکسِ او را می‌بیند.

دختر دایی

دخترِ خان‌دایی با همه‌ی دخترها و پسرهای فامیل فرق داشت. برای ادامه‌ی تحصیل رفت تهران. رشته‌ی تحصیلی‌اش را هم خودش انتخاب کرد. خان‌دایی دوست داشت تک‌فرزندش پزشک شود. دختردایی دکتر نشد، ولی رشته‌ای را که خودش دوست داشت، تا دکترا خواند. از همان ترم اول دانشگاه هم کار می‌کرد. با پولی که درمی‌آورد، می‌رفت سفر؛ از هندوستان بگیر تا فرانسه. تک و تنها گلیمش را آن‌جور که خودش دوست داشت، از آب بیرون کشیده بود. زنِ خان‌دایی همیشه پُز دخترش را می‌داد و هرکجا می‌نشست، تا می‌خواست از دخترش تعریف کند، یک من به بعدِ اسمِ دختردایی اضافه می‌کرد و جوری می‌گفت غزاله‌ی من، که آدم را یادِ دختربچه‌ای می‌انداخت که عروسکِ زیبا و خاصی دارد و از ترسِ این‌که دیگران تصاحبش کنند، می‌خواهد احساسِ مالکیتِ خود را مُدام گوشزد کند! اما

زنِ خان‌دایی اگر حرفی هم نمی‌زد، باز هم مستقل بودنِ دخترش زبانزدِ فامیل بود. مهربان بودنش هم شکلِ خودش بود. محال بود به سفری برود و برای همه سوغات نیاورد. سوغات آوردنش هم با بقیه فرق می‌کرد. دختردایی خوب می‌دانست که دخترِ کوچکِ عمه‌ی بزرگش، لباس زیرِ رنگی دوست دارد. حتی سایزش را هم می‌دانست! دختر بزرگِ عمه‌ی بزرگش، در عروسی‌ها پوستیژ سرش می‌گذارد و کسی هم نمی‌فهمد. پسرِ همین عمه، کلکسیونی از اسکناس و سکه دارد و به هرکسی هم نشان نمی‌دهد. عمه‌ی بزرگش چقدر ترکیبِ کرم با قهوه‌ای را دوست دارد، برخلاف عمه‌ی کوچکش که از رنگ قهوه‌ای خوشش نمی‌آید، اما پیشِ خواهرش جوری وانمود می‌کند که رنگ، فقط رنگِ قهوه‌ای است! دخترِ عمه‌ی کوچکش گوشواره دوست دارد و پسرش هواپیما. عروسِ عموی بزرگش با دیدن تصویر فیل دلش ضعف می‌رود و دخترهای دوقلوی عموی کوچکش چقدر روفرشی دوست دارند. از تهران که می‌رسید، شور و شوقی در فامیل به پا می‌شد. نه فقط برای دیدنِ آخرین مدلِ مو و لباسِ دختردایی، یا فقط برای گرفتنِ لباس زیر قرمز و پوستیژ طلایی و سکه‌های کشورهای دیگر و پیراهنِ کرم‌قهوه‌ای و گوشواره‌ی طرحِ آفریقایی و ماکتِ هواپیما و فیلِ سنگی و دو جفت روفرشی توریِ یک‌شکل.

هیچ‌کس مثلِ دختردایی نمی‌توانست جوری خاطراتش را تعریف کند که حتی شوهر عمه‌ی بزرگش هم که همیشه اخمی به چهره داشت و از دنیا طلبکار بود، خنده‌اش بگیرد. هیچ‌کس نمی‌توانست مثل دختردایی جوری بخندد و برقصد که انگار از هفت دولت آزاد است. دختردایی مثل هیچ‌کس نبود. به همین خاطر کسی هم تعجب نمی‌کرد چرا با سی‌وپنج سال سن و زیبایی و تحصیلات و موقعیتِ خوب، هنوز ازدواج نکرده. این بود که بعد از گذشتِ یک سال و دو ماه از مرگِ مشکوک به خودکشی دختردایی، کسی مردنش را باور نمی‌کرد، مثلِ پدر و مادرش. خان‌دایی وقتی خواست بپذیرد که دخترش مُرده، از غصه دق کرد. زن خان‌دایی هم که هنوز مثلِ گذشته پُزِ دخترش را می‌داد؛ به در و دیوار خانه، گُل‌های گلدان

یا به هرکسی که می‌آمد تا به او سَر بزند. بعد از مرگِ دختر و شوهرش، به‌ندرت از خانه خارج می‌شد. فامیل هم با خودشان می‌گفتند همین امروز و فردا دخترداییبا چمدانش می‌رسد و دوباره سر به سرمان می‌گذارد و از خنده ریسه می‌رود. فقط آخرین تصویری که دخترِکوچکِ عمه‌ی بزرگ از دخترداییِ داشت، با بقیه فرق می‌کرد. آخرین عیدی که دخترداییِ از تهران آمده بود و روی تراس خانه‌ی مادربزرگ زل زده بود به ماه، از او پرسیده بود: «حالت خوبه؟»

- من همیشه حالم خوبه. به روی دخترداییِ نیاورده بود که او را غروب دیده است که در زیرزمینِ آن‌جا کزکرده بود و گریه می‌کرد. دخترِکوچکِ عمه‌ی بزرگ هیچ‌وقت به‌کسی نگفت که او گریه‌ی دخترداییِ را دیده بود.

کار

سه مرد از تهران که خواستند حرکت کنند، با هم قرار گذاشتند در آن سفر سه روزه حرفی از کار نزنند. فقط استراحت. نزدیکِ یکی از شهرهای شمالی ماشین را نگه داشتند تا چای با کیکِ یزدی بخورند و خستگی درکنند. کارگردان گفت: «اون بی‌راهه به کجا می‌رسه؟ عجب لوکیشنی می‌شه واسه فیلم‌برداری!» و رفت سمتِ راهِ فرعی. بازیگرِ تئاتر گفت: «عجب هوایی! جون می‌ده واسه حرکاتِ کششی!» و شروع کرد به نفس‌گیری. فیلمنامه‌نویس گفت: «من برم ببینم این پسره، ننه باباش کجان؟!» و رفت سمتِ پسرکِ گردوفروشِ کنار جاده.

دو زن

دو زن به خودشان که آمدند، دیدند رسیده‌اند میدان تجریش، امام‌زاده صالح. دو زن بدون این‌که یکدیگر را بشناسند، از چادرهای ورودی بخش بانوان، یکی برداشتند و سرکردند و واردِ صحن شدند. دو زن یک دلِ سیرگریه کردند و دعاکردند. یکی دعا می‌کرد مهرش دوباره به دلِ شوهرش بیفتد و بشود همان مردِ همیشگی. دیگرخسته شده بود ازکم‌توجهی. دیگری دعا می‌کردکه مرد، دل‌سرد شود نسبت به زنش و وقتِ این صیغه‌اش که تمام شد، عقدِ دائمش کند. دیگرخسته شده بود از بی‌ثباتی. دو زن با چشم‌های خیس ازکنار هم گذشتند و در هیاهوی جمعیت گم شدند. یکی رفت تا ادامه‌ی تحقیقاتِ پایان‌نامه‌ی کارشناسی ارشد شوهرش را تکمیل کند. باید از استادِ خودش که دوره‌ی دکترا شاگردش بود، کمک می‌گرفت. دیگری رفت تا برای همان مرد، آش رشته‌ای بپزد که دوست دارد. از تجریش

می‌خواست پیراهنِ کوتاهی هم بخرد. از آن پیراهن‌های یقه هفت که گودی کمر را خوب نشان می‌دهد و مرد خوشش می‌آید.

عشق

دکتر گفت: «ما همه‌ی تلاشمون رو می‌کنیم. امید داشته باشین.»

مرد پرسید: «تو این وضعیت، علم می‌گه تا چند سال؟»

ـ در بهترین حالتِ ممکن، دو سال.

اما علم پیش‌بینی نکرده بود که برای مادر رو به احتضار، دیدنِ پسرش که بعد از سال‌ها مهاجرت آمده تا برای همیشه پیشش بماند، تخمین زمان برای کنارِ هم ماندن شوخی بزرگی است. حالا پنج سال است که پسر معجزه‌ی عشق را فهمیده؛ وقتی دست‌های مادرش را می‌گیرد تا با هم قدم بزنند.

به همین سادگی

دختر چرخی در فیس‌بوک زد و با ذوق گفت: «پول دیه جور شد، پسره دیگه اعدام نمی‌شه.» مادرش گفت: «چطور تونستن از خونِ پسرشون بگذرن و ببخشن؟!»

- فکر کن پسرِ خودت بوده! با یکی بحث کنه و یهو هُلش بده! به همین سادگی! خب پیش می‌آد! حالا باید اعدام بشه؟ نه دیگه! تازه، دانشجوی ترم دو وکالت هم بوده.

- حالا خوبه خودش یه روز وکیلِ خونواده‌ای شه که زدن بچه‌شون رو کشتن! همین‌جور به قولِ تو الکی الکی یکی شده قاتل. حالا همین آقا پیِ دیه‌ی خونواده‌ی مقتول رو بگیره، تازه اگه نخوان قصاص کنن!

- به چه چیزهایی فکر می‌کنی مامان! من فقط می‌گم از این پیشامدها واسه هرکی ممکنه پیش بیاد. کاش خودت رو جای قاتل هم بذاری.

تلفن زنگ خورد. دختر به شماره‌ی افتاده روی گوشی نگاهی انداخت و جواب نداد. دو سال بود با برادرش حرف نمی‌زد. از بعدِ مراسمِ عروسی او. روز پاتختی می‌خواست دوستِ صمیمی‌اش را دعوت کند، عروس گفته بود جا نداریم و فقط زن‌های فامیل تشریف بیاورند. اما خودش سه تا از دوست‌هایش را هم دعوت کرده بود. دختر هم به برادرش گفته بود باید زنش از او عذرخواهی کند. عروس هم گفته بود خانه‌ی خودم هست و اختیارش را دارم. این شد که دو سال بود با برادرش هم حرف نمی‌زد.

دو استکان چای

مادر همیشه غصه می‌خورد. چه وقتی که دخترش ماه به ماه نمی‌رفت اپیلاسیون و رژیم لاغری‌اش را رها می‌کرد و ولو می‌شد توی رخت‌خواب و شانه‌هایش زیر ملافه تکان‌تکان می‌خورد و چشم‌هایش از گریه گود می‌رفت. چه وقتی که دخترش می‌افتاد دنبالِ خریدِ لباسِ زیر و لباسِ رو و های لایت و کاشتِ ناخن و سولاریوم.

مادر به دخترش می‌گفت: «این بچه قرتی مردِ زندگیت نمی‌شه، حالا تو هِی قهر کن، دوباره آشتی کن!» دختر گوشش بدهکار نبود و مادر غصه می‌خورد. دختر بزرگش می‌گفت: «رابطه‌ای که تموم‌شدنی باشه، خودش تموم می‌شه. فقط باید وقتش برسه. وقتش که رسید، این پسره عینهو یه قطره اشک از چشمش می‌افته. اون وقته که خودش می‌آد می‌گه تموم شد! مگه من نبودم؟ عوضش الان بیشتر قدرِ شوهرم رو می‌دونم. والا. حالا تو بشین غصه بخور! بیخودی!» دفعه‌ی آخری

که دختر دوباره چند کیلو چاق شده بود و زیر چشم‌هایش هم گود رفته بود و مادر هم مثلِ همیشه غصه می‌خورد، از آرایشگاه که برگشت، آن‌قدر موهایش را کوتاه کرده بود که مادر مبهوت مانده بود. بعد هم دو استکان چای ریخت و گفت: «دیگه دوستش ندارم.» نمی‌دانست آخرین بارکِی با مادرش چای خورده بود، ولی احساس کرد هیچ‌وقت طعمِ چای را این‌قدر دوست نداشته است.

مرد

زن کمی آب ریخت توی ماهیتابه و پیاز خردشده را تفت داد. دو روز بود روغن هم تمام شده بود. ذهنش آن‌قدر درگیر اجاره‌ی عقب‌افتاده بود که نفهمید چطور کاسه‌ی چینی از دستش رها شد و شکست و صدای خرد شدنش پیچید. پسرش به آشپزخانه آمد.

‌- مامان! مامان! بابا داره قایم موشک بازی می‌کنه!

زن سراسیمه دوید و پسرک را بغل کرد و به اتاق خواب برد و در را بست و قفل کرد. به هال که برگشت، شوهرش هم‌چنان پشتِ مبل سنگرگرفته بود.

‌- محمد! محمد جان! عملیات تموم شد! محمد جان! تموم شد!

مرد هم‌چنان می‌لرزید.

دل‌تنگی

زنش که طلاق گرفت، خسته که می‌شد، با پدرش می‌رفت ویلای شمالی‌اش. همین که می‌رسیدند، دل‌تنگِ زنش می‌شد و به دریا که نگاه می‌کرد، دل‌تنگ‌تر. نه اشتهایی به غذا داشت، نه حال و حوصله‌ای برای حرف زدن، نه ماندن در ویلا. دو روز نشده برمی‌گشتند. زنش که رجوع کرد، دو سال بود از مرگِ پدرش می‌گذشت. حالا دوباره با زنش می‌رفت ویلای شمالی‌اش. با او گپ می‌زد. در آشپزی کمکش می‌کرد، جوجه سیخ می‌کِشید و بلال کباب می‌کرد. به ساحل که می‌رفتند، عاشقِ وقتی بود که باد توی موهای زنش می‌پیچید. می‌نشستند روی ماسه‌ها و زنش سرش را می‌گذاشت روی شانه‌اش و به غروبِ خورشید نگاه می‌کردند. اگر هم زنش دلش می‌خواست چند روز بیشتر بمانند، می‌ماند. اما بیشتر وقت‌ها که گریه‌اش می‌گرفت، به حیاط خلوتِ پشتی ویلا می‌رفت و بی‌صدا اشک می‌ریخت. دل‌تنگِ پدرش بود.

تمام

مرد به آخرین سؤال کارشناسِ برنامه‌ی عصرانه‌ی رادیو فرهنگ جواب داد: «کارِ من قضاوت درباره‌ی آدم‌ها نیست. من فقط سعی می‌کنم آدم‌های درامم رو خوب بشناسم و قصه‌م رو درست تعریف کنم، همین!»

مصاحبه‌ی تلفنی‌اش که تمام شد، دوباره شماره‌ی نامزدش راگرفت و پیام گذاشت: «چرا جواب نمی‌دی؟ پس اون گذشته‌ای که دوست نداشتی درباره‌ش حرف بزنیم، این بوده، ها؟ مردی که عاشقش بودی و ولت کرد، رفیقِ من بوده، ها؟ واسه همین اومدی سراغِ من که بتونی پُل بزنی به گذشته، ها؟»

زن بالاخره جواب داد: «تو هیچی درباره‌ی گذشته‌ی من نمی‌دونی. مگه زندگی من شده پازلِ تو که هر چی رو که از این ور اون ور می‌شنوی، می‌چینی کنارِ هم، بعد هم قضاوت می‌کنی؟! خاک تو سرت با این قوه‌ی تخیل و نوشته‌های چرت و

مصاحبه‌های مزخرفت!» بوق ممتدِ تلفن درگوشِ نویسنده پیچید. زن شماره‌ای را گرفت. تلفن رفت روی پیام‌گیر.

«چرا جواب نمی‌دی؟ توی باتلاق هر چی بیشتر دست و پا بزنی، بیشتر فرو می‌ری! من تو رو هم با خودم می‌کِشم توی این لجن! کی رو فرستادی پیشِ رفیقت که گذشته‌مون رو استفراغ کنه براش؟! ها؟ با توام؟ این رسمشه؟ می‌دونم هنوز دوستم داری، ولی...» مرد بالاخره جواب داد: «من اصلاً به تو فکر نمی‌کنم! خیلی وقته! جدایی درد داره، رنج داره، طاقت می‌خواد، من هیچ‌وقت یه رابطه‌ای که تموم شده رو لااقل به خاطر دردی که واسش کشیدم، به کثافت نمی‌کشم. چطور به خودت اجازه می‌دی درباره‌ی من این‌جوری قضاوت کنی؟ متأسفم که هنوز منو بعدِ هفت سال نشناختی، اون وقت چطوری با اون بدبخت که هفت ماهه آشنا شدی، داری می‌ری زیر یه سقف! واسه این‌که ببینی کی داره با جون دادن به گذشته‌ت جون می‌گیره، بگرد تو رفیق‌های خودت ببین کدومشون دلش گیرِ نامزدته، از ما گذشته که دلمون گیرِ تو باشه هنوز!»

بوق ممتد تلفن درگوش زن پیچید. همان‌جا نشست کنار جدولِ خیابان. نای رفتن نداشت. دیگر مطمئن شد که همه چیز تمام شده. شاید مردِ رفته را بتوان برگرداند، اما مردی که دل کنده و رفته را هرگز. این را همیشه مادرش می‌گفت زوقتی پدرش ترکشان کرده بود. دوباره شماره‌ای را گرفت: «لیلی! بازی تموم شد! دیگه بی‌خیال شو! نمی‌خواد ادامه بدی! تا همین‌جا هم لطف کردی!» و خیره شد به شهرکتابِ روبه‌رو.

یادگاری

شاید چهل سال داشت، شاید هم بیشتر. واردِ شهرکتاب شد و یک‌راست رفت پیشِ فروشنده. «صد سال تنهایی» را می‌خواست. فروشنده نشانش داد.

- این نه! من ترجمه‌ی محسن محیط رو می‌خوام!

- بهترین ترجمه از «صد سال تنهایی» همینه!

- من با ترجمه‌ش کاری ندارم!

- پس با طرح جلد کار دارین؟!

زن جوابی نداد. راهش را کِشید و رفت. از شهرکتاب که بیرون آمدم، زن درست روبه‌روی شهرکتاب، کنار جدولِ خیابان، نشسته بود و خیره شده بود به دور. انگار نای رفتن نداشت. شاید روزی، شخصی، صفحه‌ی اول آن کتاب با آن ترجمه و طرح جلد را امضایی کرده بود و حالا نبود. نیست آن کتاب. زن دنبالِ

«صد سال تنهایی» نبود، دنبالِ تکه‌ی گم‌شده‌ای از خاطراتش می‌گشت. مثلِ من یا مردهای دیگری که دست‌خطی در صفحه‌ی اولِ کتابی نوشته‌اند که شاید هنوز این یادگاری در خاطره‌ی زنی مانده باشد.

عیدی

روزهای آخر اسفند و ازدحامِ مردم و دست‌فروش‌ها در پیاده‌روها را دوست داشت. به بساطِ زن جوان نگاه کرد؛ به تخم مرغ‌های رنگی و عروسک‌های دست‌سازش. چند تا عروسکِ پارچه‌ای خرید. کمی جلوتر که دخترکِ عودفروش از زن خواست که برای سفره‌ی هفت سین عود بخرد، یکی از عروسک‌ها را به او داد و میان جمعیت گم شد. دخترک دوید پیش پدرش که به رهگذران می‌گفت: «پاکتِ پول، تو طرح‌های مختلف، ببر واسه اسکناس‌های عیدی!»

- بابا! بابا! یه خانومه یکی از اون عروسک‌ها بهم داد!

به بساط زنِ دست‌فروش اشاره کرد و عروسک را چسباند به سینه‌اش.

زن از چند سال پیش نذر کرده بود اگر بچه‌دار شود، به دختربچه‌ها عروسک عیدی بدهد. هنوز نازایی‌اش درمان نشده بود، اما عروسک عیدی می‌داد.

عاشقِ دختربچه‌ها بود.

آتلیه‌ی خوشبختی

عکاس به عروس و داماد می‌گفت که چطور ژست بگیرند و در حالت‌های مختلف از آن‌ها عکس انداخت. چند بار هم به داماد نشان داد که چطور عروس را بغل کند. اما به چشم‌های عروس نگاه نمی‌کرد. نمی‌دانست این انتقامِ عروس بود که داماد را آورده بود به آتلیه‌ای که او عکاسش بود. انتقام از مردی که بعد از شش سال به او گفته بود بهتر است برود دنبال زندگی خودش! عروس تا دو سال اول که زندگی‌اش را گم کرده بود، چه برسد به این‌که بتواند برود دنبالش! آن‌قدر به جلساتِ مشاوره رفت تا بالاخره توانست خودش و زندگی‌اش را پیدا کند. حالا عکاس نمی‌دانست داشت از او انتقام می‌گرفت یا تصادفاً داماد با صاحبِ آن‌جا دوست بود و برای عکاسی با عروس آمده بودند به آتلیه‌ی خوشبختی. عکاسی که تمام شد، از عروس خداحافظی نکرد. روزِ آخری هم که از دختر جدا شده بود، نه به چشم‌هایش نگاه

کرد، نه خداحافظی. هنوز هم نمی‌دانست این درست بود یا اشتباه که به دختر نگفته بود که چک‌های پدرش برگشت خورده و پدرش به زندان رفته و او تا مدت‌ها درگیرِ گرفتاری‌های خانواده‌ی خودش خواهد بود. عکاس وقتی یکی از عکس‌های عروس و داماد را روی تخته شاسی آماده کرد تا به جشن بفرستد، به چشم‌های عروس نگاه کرد و در آتلیه‌ی خوشبختی گریه‌اش گرفت.

شوهر

زن که به خانه‌ی پدربزرگ رسید، رنگش پریده بود. گفت: «کیفم رو زدن. یه موتورسوار بود و یکی هم ترکش نشسته بود.»

شوهرش گفت: «چقد پول توش بود؟» پسرش پرسید: «مامان! گواهی‌نامه‌ت هم توش بود؟»

شوهرش ادامه داد: «کارت ملیت چطور؟ گوشی موبایلت؟»

- داشتم با موبایلم حرف می‌زدم که یهو...

- چند بار بهت گفتم حواست به این موتورسوارها باشه، وقتی اون کیفت رو آویزون می‌کنی رو شونه‌ت. ها؟ فقط گرفتاری. فقط دردسر! اَه!

پسرخاله‌اش گفت: «یه لیوان آب قند بیارین. چیزیت که نشده؟ دستت آسیب ندیده؟

پانزده سال پیش که پسرخاله‌اش از او خواستگاری کرده بود، پدرش مخالفت کرد. حالا یک پسر یازده ساله داشت و پسرخاله‌اش هم هنوز ازدواج نکرده بود.

دو نیمکت

مرد می‌گفت تازه متوجه تنهایی هم شده بودند. هرکدام می‌نشستند روی یک نیمکت از دو نیمکتی که کنار هم بود. دو نیمکت که در فضای گُل‌کاری‌شده‌ی سرِ خیابان محلِ کارش بود. مرد می‌گفت همیشه زن را می‌دید که از پنجره زل می‌زد به کوچه و رفت‌وآمدِ آدم‌ها را تماشا می‌کرد. گاهی هم عصازنان می‌رفت تا سرِ خیابان. دو تا سیب‌زمینی و سه تا پیاز و دو تا گوجه‌فرنگی می‌خرید و برمی‌گشت. شاید پولش را داشت، اما قطعاً جانش را نداشت که یک یا دو کیلو بار را به خانه ببرد. پیرمردِ همسایه، دو خانه فاصله داشت تا آن زن. اما او از خانه‌اش کمتر بیرون می‌آمد و سفارشِ میوه و لبنیات و هرچه را که می‌خواست، معمولاً برایش دمِ در خانه می‌آوردند. گاهی هم می‌آمد توی تراس و زل می‌زد به رفت‌وآمدِ آدم‌های کوچه، مثلِ زن. مرد می‌گفت هر بار که چشمم به آن دو می‌افتاد،

دستی تکان می‌دادم و سلام می‌کردم. تا این که بنای مخروبه‌ی سرِ خیابان را کوبیدند و جایش دو نیمکت گذاشتند و گل و درختی هم کاشتند. پیرمرد و پیرزن هم می‌نشستند روی یکی از نیمکت‌ها و زل می‌زدند به خیابان. بعد از چند ماه، نشستند کنار هم روی یک نیمکت و با هم حرف زدند. مرد می‌گفت یک روز که از دفترش بیرون آمده بود، پیرمرد را دید که نشسته روی نیمکت و چند کیلو پیاز و سیب‌زمینی و طالبی خریده. تا چشمش به او افتاد، پرسید: «خانم ملکی رو ندیدی؟ براش خرید کردم. الان دو ساعته منتظرش هستم.» اما پیرزن سه ساعت قبل مرده بود، قبل از آن‌که ببینند پیرمرد چقدر برایش خرید کرده تا وقتی آمد و کنارش نشست و گپ زدند، قدم‌زنان با هم بروند تا دمِ درِ خانه‌اش و خریدها را برایش ببرد داخل. شاید هم پیرزن تعارفی می‌کرد و با هم چای می‌خوردند. مرد این را که گفت، نفس عمیقی کِشید و از مردِ همسایه‌ی جدیدی که به جای خانم ملکی آمده بود، خداحافظی کرد و به دفتر کارش رفت.

برخورد

دو زن که به خاطر جای پارکِ ماشین در خیابان با هم بحث کرده بودند، فکرش را هم نمی‌کردند که یک ربع بعد، در شلوغیِ مطبِ زنان، مجبور شوند در دو صندلی خالی، کنارِ هم بنشینند و سرِ حرف که باز شد، سفره‌ی دلشان را برای هم باز کنند و همدیگر را دلداری هم بدهند. یکی آمده بود برای درمانِ نازایی‌اش، دیگری سقطِ جنینِ یک ماهه‌اش.

تساوی

مسابقه‌ی فوتبال که شروع شد، مردِ جوان خیره شد به دوندگی‌های بازیکنان و بازی‌های پا به توپشان در صفحه‌ی تلویزیون. از روز قبل کری‌خوانی رفیق‌هایش برای این دربی بالاگرفته بود. قرار بود مثل چند سال پیش، بعد از بازی، خانه‌ی او جمع شوند و طرفداران تیم بازنده، برای برنده‌ها شام بگیرند. اگر هم بازتساوی می‌شد، او شام می‌گرفت و بقیه، از سرپرست تا مربی و بازیکنان تیمِ محبوبشان را به فحش می‌کِشیدند؛ انگار نه انگار که تا دیشب سرِ همین‌ها قسم می‌خوردند! بازی که تمام شد، چشم‌هایش به در بود تا پنج رفیقش از ورزشگاه برسند. زنگ که خورد، چرخ‌های ویلچرش را حرکت داد و رفت سمتِ آیفون. خودش شام سفارش داده بود برای این تساوی.

تنها

پسرک پنج ساله شده بود. مادرش برشی ازکیک تولدش را برید تا همسرش ببرد برای همسایه‌ی دیوار به دیوارشان.

- زهره! چرا نگفتی بچه‌ی آقای سیگاری هم بیاد؟
- سیگارچی! آقای سیگارچی که هیچ‌وقت ازدواج نکرده.
- یعنی چی؟
- یعنی مثل بابا آرشِ تو، زهره نداره که بخواد یه بچه داشته باشه مثل توکه ما دعوتش کنیم برای جشن تولد.
- مامان بابا چطور؟
- پدر مادرش هم رفتن پیشِ ستاره‌ها.
- مثل مامان پروین؟

-آره!

- پس آقای سیگارچی با کی بازی می‌کنه؟!

و کلاه بوقی را گذاشت سرِ پدرش و از شانه‌هایش آویزان شد.

آقای سیگارچی تنها زندگی می‌کرد. چهل‌وپنج سال داشت، اما شصت ساله به نظر می‌رسید. با کسی رفت‌وآمد نداشت. به‌ندرت از خانه خارج می‌شد. حتی در جلسات مربوط به مسائلِ آپارتمان هم شرکت نمی‌کرد و خریدهایش را هم نگهبانِ آن‌جا که جوانی افغان بود، انجام می‌داد. بعضی از نیمه‌شب‌ها که کابوس می‌دید و صدای فریاد و ناله‌هایش می‌پیچید در اتاق خوابِ همسایه‌ی دیوار به دیوارش، زن دچارِ وحشت می‌شد و از صدایِ سرفه‌های گاه و بی‌گاهِ آقای سیگارچی هم کلافه. زن از یکی از ساکنان آن‌جا شنیده بود که آقای سیگارچی هیچ‌وقت ازدواج نکرده و پدر و مادرش هم مُرده‌اند. کسی چیزی بیشتر از این از او نمی‌دانست. دخترهای همسایه به بهانه‌ی آش نذری یا شله زرد دوست داشتند این مردِ مرموز را ببینند. اما آقای سیگارچی از لای درِ نیمه‌باز ظرف را می‌گرفت، با صدای خش‌دارش تشکر می‌کرد و سریع در را می‌بست.

آقای سیگارچی تنها یک بار با دیدنِ پسربچه‌ی همسایه‌ی دیوار به دیوارش که با پدرش آمده بود و برایش از کیکِ تولدش آورده بود، خواست چند لحظه صبر کنند. بعد با یک بلوزِ بچگانه‌ی نارنجی‌رنگ برگشت که مدلی قدیمی داشت و آن را از لایِ در به پسرک داد و با صدایِ خش‌دارش گفت: «تولدت مبارک پسرم.» و در را محکم بست. آن شب زنِ همسایه‌ی دیوار به دیوار از صدایِ ناله‌های آقای سیگارچی دوباره به وحشت افتاده بود. صبح روز بعد آقای سیگارچی از طبقه‌اش بیرون آمد و برای اولین بار گل‌های باغچه را آب داد. ساعت پنج صبح بود و نگهبان با صدای آب هراسان به حیاط آمده بود. جز او کس دیگری آقای سیگارچی را ندید که به گل‌ها آب داد و بعد، هم‌چنان که پایِ راستش را می‌کِشید، به خانه‌اش برگشت. و ساعت هفت صبح مُرد. آقای سیگارچی معمایِ ساکنان آن آپارتمان در خیابان ششمِ یوسف‌آباد ماند.

ایمان

پسرک دستِ مادرش را فشرد و به پدرهایی که در جشنِ شکوفه‌ها، کنار پسربچه‌های هفت ساله‌ی دیگر ایستاده بودند، نگاه کرد و بعد سرش را پایین انداخت و پشت مادرش کز کرد. در کلاس، از نشستن روی نیمکتِ کنار شوفاژ امتناع کرد و نشست روی نیمکت کنار پنجره و به آسمان خیره شد. وقتی هم خواست خودش را معرفی کند، صدایش لرزید و گریه‌اش گرفت. معلم که نشست کنارش و دستش را انداخت دورِ گردنش و گوشش را چسباند به صورتش، هم‌کلاسی‌ای که پشت سرش نشسته بود، شنید که به خانم گفت، دلش برای پدرش تنگ شده. پدرش یک آتش‌نشان بود و یک روز موقع کار، رفت پیشِ ستاره‌ها و دیگر برنگشت. کاش بال داشت تا بتواند به آسمان پرواز کند و پدرش را ببیند. خانم معلم گفت پدرش یک قهرمان است. و به یادِ خبر روزنامه و مرگِ آتش‌نشان فداکار افتاد که در میانِ دود و شعله‌های آتش،

ماسک تنفسی‌اش را درآورد و بر صورتِ کودکی گذاشت تا زنده بماند.

هم‌کلاسی از شش سالگی‌اش، کابوسی مانده بود در ذهنش از جیغ‌های مادر و اتاقی که د غ شده بود و پُر از سیاهی؛ جوری که دیگر ماشین‌های اسباب‌بازی‌اش را نمی‌دید و گریه می‌کرد و پدرش را صدا می‌زد که... دست قدرتمند مردی او را از زمین جدا کرد. پدرش به او گفته بود که آقای امید پرتو، او را نجات داده است.

هم‌کلاسی دستش را بر شانه‌ی پسرک زد و گفت: «با من دوست می‌شی؟»

- اسمت چیه؟

- آریا. اسم تو چیه؟

- ایمان. ایمانِ پرتو.

زنی که او را نشناخته بود

زن پیامک فرستاد: «دلم تنگ شده.» نباید پیامکی می‌فرستاد. خودش می‌دانست ادامه‌ی رابطه‌ای که تمام شده، مثلِ کشیدنِ جنازه‌ای به دوش است. باید در خاطره‌ی گذشته دفنش کرد. اما نمی‌توانست. درست وقتی که تصور می‌کرد توانسته خودش را عادت دهد به تنهایی و فراموشی، دل‌تنگی هجوم می‌آورد.

پیامک رسید: «الان وقتِ نوشتنه دیگه! به تجربه‌ی من اعتماد کن!» زن پیامک زد: «هیچ‌وقت دلت برای من تنگ می‌شد؟» جوابی نیامد. دوباره نوشت: «تنگ نشد.» مرد جواب داد: «نشد! از وقتی که فهمیدم منو نشناختی. من خسته شدم از قضاوت. همدیگه رو آزار ندیم لطفاً.» و دردی پیچید در معده‌اش. از گرسنگی بود یا اعصاب؟ خو کرده بود به این دردِ مزمن. شروع کرد به نوشتنِ سکانسِ دیگری از فیلمنامه‌اش. دل‌تنگِ زن بود؛ زنی که او را نشناخته بود. زن پیامک زد:

«خداحافظ!» و زد زیرگریه. برای چندمین بار در سه سالِ گذشته بود که می‌گفت خداحافظ و می‌زد زیرگریه.

ویرانی

زن ازگوشی همراهش می‌شنید: «بابا! نیکول کیدمن که نیکول کیدمن بود، تام کروز طلاقش داد! غیرِ اینه؟! نه والا! نبینم بازگریه کنی! اونم واسه کی؟ واسه مردی که تو چشم‌هات نگاه می‌کنه و می‌گه واسه من کاریعنی همه چی! زندگیِ من کارمه! انگار تو اون سینما و تئاتری که توش کار می‌کنن تا درباره‌ی آدم‌ها فیلم بسازن و نمایش اجراکنن، چیزی که مهم نیست، خودِ آدم‌هان و احساساتشون! این‌ها دردشون اینه که نمی‌خوان مسئولیت قبول کنن، خودخواه هستن دختر جون. واسه این‌که عذاب وجدان نداشته باشن هم وقتِ رفتن می‌گن تو می‌تونی خوشبخت شی، حیفِ عمرِ توئه که با من تلف شه. حالا یکی نیست بگه پس ده سال، عمرِ دختره نبود؟ بادِ هوا بود؟! گیریم رفت با یکی دیگه، اگه دلِ بی‌صاحبش جا مونده پیشِ تو، بازم خیالت تخته که طرف خوشبخته؟! ببین! تهش اینه

که خودشون هم نمی‌دونن چی می‌خوان! والا! نبینم دیگه غصه بخوری! حالا که رسیدی شمال، کِیف کن! ویلای شیک. هوای خوب. خفه شدیم تو این دود و کثافت، به جای منم نفس بکِش! همه آرزو دارن جای تو باشن؛ از خونواده و موقعیتت بگیر تا خوشگلی و قلبِ مهربونت. هزار ماشاالله! الو! الو! ببین! من آنتن ندارم. بازم بهت زنگ می‌زنم. خوش باشی!» زن دسته‌ی چمدانش را رها کرد. درخت‌های پرتقال با بارشِ بی‌سابقه‌ی برفِ نیمه‌ی بهمن‌ماه شکسته بودند. زن نشست روی خاکِ یخ‌بسته؛ کنارِ شاخه‌های شکسته و میوه‌های سرمازده‌ی رها شده در برف. نفسش بالا نمی‌آمد. چقدر حال‌وهوای ویلای شمالی شبیه خودش شده بود؛ انگار عینی شده بود آن حسِ ویرانی.

چشم‌هایش

چشم‌های زن آبی و پوستِ صورتش سفید بود، با انگشت‌های کشیده و قدی بلند.
وقتی می‌خندید، چال می‌افتاد روی گونه‌اش. این آخرین تصویری بودکه مرد از او
به خاطر داشت. حالا زن، پشت به او، به گُل‌های یخِ توی باغچه نگاه می‌کرد.

‒ چرا نمی‌خواستی ببینمت؟ حداقل به رسم احترام بذار مادرم بیاد، بعد بگونه.

زن سرش را به علامتِ منفی تکان داد.

‒ چرا؟ داری از من انتقام می‌گیری؟ از من؟ تو که بهتر از هرکسی می‌دونی
رفتنِ من دستِ خودم نبود. یه خواهرِ بیوه‌ی در آستانه‌ی آلزایمر رو نمی‌تونستم
رهاکنم تو اون غربت.

زن چرخید سمتِ مرد. بعد از سال‌ها به چشم‌هایش خیره شد. بعد آستینِ
پیراهنش را بالا زد. مرد با دیدنِ تاول‌ها جا خورد. زن به‌سختی حرف می‌زد:

«هیچ‌وقت به این فکر نکردم که اگه همون موقع ازم خواستگاری کرده بودی و منو هم با خودت برده بودی، حالا این‌ها نبودن. فقط به این تلخی عادت کردم، همون جور که دیگه به زندگی بدون تو عادت کردم.»

مرد مبهوتِ زنی مانده بود که بعد از گذشتِ سال‌ها از بمبارانِ شیمیایی، حالا بدنش تابِ آن همه تاول را نداشت و صدایش هم تغییر کرده بود. ولی چشم‌هایش همان بود. آن چشم‌های آبی که عاشقش بود.

تغییر

شده بود عینِ گربه‌های پرشین! روی مبل، سرامیک، بالش - همه جا - موهایش بود؛ تارهای بلندِ قهوه‌ای. و خودش و مادر و خواهرش هم مُدام در حالِ جمع کردن! درست همان موقعی که به سرش زده بود یک گربه‌ی پرشین به خانه بیاورد، خواهرش می‌خندید: «حالا با این وضعیتِ موهای خودت فقط یه گربه پرشین کم داریم!»

خاله‌اش از علمِ طبی که خوانده بود، کمک می‌گرفت و انواع ویتامین‌ها را ردیف می‌کرد و سرآخر، علت را استرس می‌دانست. استرس گفتن همان و تازه شدنِ داغِ دل مادرش همان! «کارتا رو صحنه بره، یه جور استرس داره، بعد که نمایش داره اجرا می‌شه، یه جور دیگه استرس داره...!» عروسشان دلداری‌اش می‌داد: «موهات فرقی نکرده! هنوزم پُره!» موهایش سوژه‌ای شده بود برای همه! باید کوتاه می‌کرد.

رفت آرایشگاه. باز هم نمی‌خواست از قدِ مو زیاد کوتاه شود! دودستی چسبیده بود به چند تار بلندِ مو! روی صندلی آرایشگاه دنبالِ خاطره‌ای می‌گشت که موهای بلندش تداعی آن باشد. با خودش گفت: «یادآوری کدوم خاطره‌اس که دلم نمی‌آد کوتاه شه؟!» هر خاطره کلیدِ خاطره‌ی دیگری را می‌زد و در ازدحامِ تصاویرِ گذشته، موهای بلندش از یادش رفت! زنِ آرایشگر او را دوباره به آرایشگاه برگرداند: «چقد تارهای موت ضعیف شده!» برای زن آرایشگر تعریف کرد مدتی است موهایش به ریزش افتاده و انواع و اقسامِ ویتامین‌ها و ماسک‌های تقویتی هم افاقه نکرده. زن که قیچی را با مهارتِ خاصی میان موهایش می‌بُرد، گفت: «حنا بزن!» چشم‌هایش گرد شده بود. «حنا؟!!»

- آره! اگه خانوم‌های مُسن تو زمان قدیم حنا می‌زدن و رنگِ نارنجی می‌شد، به خاطر این بود که موهاشون سفید بود. تو که تار سفید نداری. دفعه‌های اول شبیه هایلایت می‌شه و بعد از مدتی هم یه آلبالویی خوش‌رنگ. هم بهت می‌آد، هم درعرض شش ماه می‌شه همون موهای سابقت! چشم‌هایش هم‌چنان گرد مانده بود.

- یعنی رنگِ موهام بشه با تُنِ قرمز؟!

- عوصش پُرپشت می‌شه!

- ولی...

- مگه تو تا حالا رنگ نکردی؟!

انگار زن، دستش را گرفته بود و با خود می‌بُرد به دهه‌ی بیستِ زندگی‌اش. به آن رهایی که خاصِ همان دوران است؛ دورانی که رنگ کردنِ مو، کوچک‌ترین بهانه، برای شکلی دیگر شدن بود. دورانی که دنبالِ آدم دیگری در خودش می‌گشت؛ آدمی که باید برود تا برسد. هراس را نمی‌فهمید انگار. هراسِ تنها شدن، تنها ماندن، ناآمنی.

- چند ساله که دیگه سراغِ رنگ و مش نرفتم. به رنگِ موهای خودم عادت کردم.

زن در آینه نگاهش کرد. «از تغییرِ دوباره نترس!» انگار بیست‌وچهار ساله شده
بود، شاید هم بیست‌وپنج. به خانه که رسید، یک کیسه نیم کیلویی حنا خریده بود.
حالا فقط به تقویتِ مو فکر نمی‌کرد، می‌خواست مزه‌ی تغییر را دوباره تجربه کند.
زنِ آرایشگر او را یادِ دوره‌ای انداخته بودکه در هراسِ ورود به چهل سالگی گُمش کرده
بود. دوستانش تا از تغییر می‌پرسیدند، با آب‌وتاب از راهکارِ زنِ آرایشگر می‌گفت!
حالا، آینه‌ی تمام‌قد اتاقش – بعد از چندین سال – زنی با موهایی با تُنِ قرمز را
نشان می‌دهدکه نگاهش شبیه دهه‌ی بیست زندگی‌اش شده. احساس می‌کرد در
تنها دو جلسه استفاده از حنا ریزشِ موهایش عجیب کم شده. چیزی فراتر از فوایدِ
حنا انگار. شاید هم حس‌وحالِ گریزی به بیست و چند سالگی‌اش باشد.

تولد

زنش که ترکش کرد، از هشتادوپنج کیلو رسید به شصت‌وپنج کیلو. فقط سیگار می‌کِشید و بالا می‌آورد. آن‌قدر بالا آورد که در بیمارستان بستری شد. بعد هم داروهای عجیب و غریبی باید می‌خورد که اسمشان را هم نمی‌توانست تلفظ کند و می‌بایست به جلساتِ مشاوره می‌رفت. از مشاوره گرفتن بیزار بود، ولی اولین جلسه‌ای که رفت، خوشش آمد. بعد هم آن‌قدر به مشاوره ادامه داد که خودش شد یک پا مشاور برای دوست و آشنا. حالا پنج سال است که مشاورش، زنش شده. هشتادوپنج کیلو دارد، سیگار نمی‌کِشد و منتظر تولدِ پسرش است.

یک اتفاقِ تازه

شبِ تولدِ سی‌وپنج سالگی‌اش بی هیچ شورو هیجانی در حالِ گذشتن بود. مادرش مثلِ هر سال، کیک خریده بود با شمع. خانواده‌ی برادرش را هم برای شام دعوت کرده بود. اگر دستِ خودش بود که ترجیح می‌داد برای تولدی که هیچ نقشی در آن نداشته، جشنی هم برگزار نشود، اما دلش نمی‌آمد دل خوشیِ مادرش را از او بگیرد. هفت سال بود که شبِ تولدش دلش می‌گرفت. وقتی می‌دید مردی که به او علاقه دارد، شبِ تولدش را به یاد ندارد و وقتی خودش می‌گفت که دیشب تولدم بود، مرد تنها به دو جمله بسنده می‌کرد. «معذرت می‌خوام. تبریک.» حالا هم یک سال بود که رابطه‌شان تمام شده بود و دیگر منتظرِ پیامِ تبریکی نبود. یک سال پیش وقتی دوستِ صمیمی‌اش باخبر شد، خندید: «پنج ساله همین رو می‌گی!»
ـ اما فقط خودِ آدمه که می‌دونه کجای یه رابطه‌اس. دیگه تموم شد.

اولین بار پنج سال پیش بود که به دوستش گفته بود تمام شد. اما هشت ماه بعد، مرد تماس گرفته بود و شروعِ دوباره... بعد هم چند بار دیگر رابطه‌شان به نظرش تمام شده بود، اما خودش تماس گرفته بود و باز شروعی دیگر... تا یک سال پیش که در آخرین قرار، مرد دلیلِ جدایی‌اش را گفته بود. حرفش این بود که نمی‌خواهد ازدواج کند؛ نه با او، نه هیچ زنِ دیگری. چهل‌وپنج ساله شده بود و می‌گفت دیگر رمقی ندارد برای تشکیلِ یک زندگی مشترک. اما دختر دلش ثبات می‌حواست، بچه می‌خواست. از یک رابطه‌ی روی هوا خسته شده بود. این بود که نه دعوایی کرد، نه گریه و زاری. شنید و سکوت کرد و وقتی از پیشِ مرد می‌رفت، فکر می‌کرد دق خواهد کرد. اما دق نکرد، فقط تا مدتی حالِ زنی را داشت که کودکی سقط کرده. حتی جانِ شیون نداشت و برای این‌که زمان بگذرد، شعر می‌نوشت. بعد هم آن اشعار را به دستِ ناشرش سپرد. و مثلِ سال‌هایی که با مرد بود، باز هم تمایلی به آمدنِ خواستگار نداشت. همیشه به دوستِ صمیمی‌اش می‌گفت خودکشی فقط این نیست که یک مُشت قرص بخوری و خلاص. اگر دلت هنوز جامانده در گذشته‌ای و پای سفره‌ی عقدِ مردِ دیگری بنشینی، یعنی روحت راکُشته‌ای. باید بگذاری که زمان بگذرد تا گذشته رسوب کند در وجودت. تا زخم ببندد. معتقد بود بدترین راه برای فراموشی یکی، جایگزین کردنِ دیگری است. باید عشق خودش اتفاق بیفتد. حالا هم که می‌خواست شمع‌های تولدش را فوت کند، بی‌هیچ اتفاقی. زن برادرش گفت: «آرزو! آرزو یادت نره!»

آرزو کردن هم مثلِ خودِ مراسم، شوری نداشت برایش. اما از دلش گذشت؛ یک اتفاقِ تازه. و شمع‌ها را فوت کرد. بعد هم مثلِ هر سال کنار پدر و مادرش نشست و رو به دوربینِ برادرش خندید. از آن خنده‌هایی که همیشه رو به لنز داشت. فرقی هم نمی‌کرد حالش بد باشد یا خوب. آن شب که پیام‌های تفنی‌اش را چک می‌کرد، توجهش به یک شماره‌ی ناشناس جلب شد. پیام را شنید:

«سلام. برای فردا دو تا بلیت کنسرت دارم. اگه دوست داشتی بیای، ساعت

شش بیا دفترِکارم. تولدت هم مبارک!» پیام را چند بار دیگر هم گوش کرد. خودش بود. شبِ تولدش تماس گرفته بود. بعد از هفت سال رابطه‌ی پنهانی، حالا در هشتمین سال، می‌خواست با او به کنسرت برود، آن هم از محلِ کارش! مرد تابِ دردسر یا شنیدنِ حرف و حدیث را نداشت و تا پیش از این ترجیح می‌داد دختر نه در محلِ کارش حاضر شود و نه وقت و حوصله‌ای داشت برای گشت‌وگذار. زندگیِ مرد خلاصه شده بود در کارکردن؛ در ساعت‌ها ماندن در آن دفترِکار و نشستن پشتِ میزِ تدوین و دیدنِ برداشت‌های مختلف از یک صحنه و انتخابِ بهترینِ آن برای فیلم و کنارگذاشتنِ راش‌ها، درکشیدنِ سیگار و خواندنِ کتاب و شنیدنِ موسیقیِ سنتی و تنهایی. حتی وقتی که دخترِ شاعر پا به زندگی‌اش گذاشت، باز هم از پیله‌اش درنیامده بود. اما جای خالیِ دختر را وقتی که دیگر از او خبری نشد، حس کرد. دل‌تنگش می‌شد و کلافه. یک سال دل‌تنگی که با همیشه فرق داشت. حالا می‌خواست کمی هم زندگی کند، مثلِ دیگران. دختر آن شب جوابی به پیامِ تلفنی نداد، اما کارهای فردا را که با روزهای دیگرش فرق داشت، مرورکرد؛ مرخصی از محلِ کار، رفتن به آرایشگاه و فرکردنِ موهایش برای اولین بار، خریدن صندلِ زردکه با شالِ زردی که هدیه‌ی تولدِ زن برادرش است، سِت شود. ساعتِ پنج و نیم دختر با موهای فر، شال و صندل زرد جلوی دفتر کارِ مرد بود. هنوز زنگِ در را نزده بود که سرش را چرخاند و زل زد به روبه‌رو. زنی که دستِ پسربچه‌ای راگرفته بود و دنبالِ خودش می‌کشید، از سرِکوچه گذشت. مرد جوانی که باگوشی همراهش داشت با یکی بحث می‌کرد، واردکوچه شد، درِ خانه‌ای را بازکرد و محکم پشت سرش بست. ماشینی ازکنارش گذشت. ترانه‌ای که راننده گوش می‌کرد، پیچید در فضاکه: یک دم از خیالِ من، نمی‌روی ای غزالِ من، دگر چه پرسی ز حالِ من... ماشین مکثی سرِکوچه کرد و پیچید در خیابان اصلی و خودش و صدای بگوکجایی‌اش دورشد. به آسمان نگاه کرد. ابری ازکنار ابرِ دیگری گذشت. نگاهش که افتاد به پنجره‌ی اتاق مردکه بازبود، لبخند زد.

جوری که انگار آشنایی را دیده باشد. کسی نبود. بعد قدم‌زنان رفت سرِ کوچه، به اولین تاکسی که نزدیک می‌شد، دست تکان داد و گفت: «دربست». وقتی رسید خانه، گوشیِ همراهش را خاموش کرد و خوابش بُرد. انگار از سفری دور برگشته بود. دختر هیچگاه نتوانست از احساسی که آن عصر تابستانی تجربه کرده بود، برای مردِ موردِ علاقه‌اش بگوید... حتی وقتی که زنش شد.

زمستان ۱۳۹۲ - بهار ۱۳۹۳
چالوس- تهران